# 卞尺丹几乙し丹卞と
# Translated Language Learning

# Alice's Adventures in Wonderland

# Przygody Alicji w Krainie Czarów

## Lewis Carroll

## English / Polsku

## Down the Rabbit Hole
### W głąb króliczej nory

**Alice was beginning to get very tired**
Alicja zaczynała być bardzo zmęczona
**she was sitting by her sister on the grass bank**
Siedziała obok siostry na brzegu trawy
**but she had nothing to do**
Ale ona nie miała nic do roboty
**her sister was reading a book**
Jej siostra czytała książkę
**once or twice Alice peeped into the book**
raz czy dwa Alicja zajrzała do książki
**but the book had no pictures or conversations in it**
Ale w książce nie było żadnych zdjęć ani rozmów
**"what use is a book without pictures?," thought Alice**
"Po co z książki bez obrazków?" – pomyślała Alicja
**"why would a book have no conversations?"**
"Dlaczego w książce nie ma rozmów?"
**but she had other things to consider**

Miała jednak inne rzeczy do rozważenia
**"making a chain of daisies would be a pleasure"**
"Zrobienie łańcuszka ze stokrotek byłoby przyjemnością"
**"but is it worth the effort of getting up and picking the daisies??"**
"Ale czy to jest warte wysiłku wstawania i zrywania stokrotek??"
**this was not so easy to think about**
Nie było to takie łatwe do przemyślenia
**because the day was making her feel sleepy and stupid**
bo dzień sprawiał, że czuła się senna i głupia
**but suddenly her thoughts were interrupted**
Nagle jednak jej rozmyślania zostały przerwane
**a White Rabbit with pink eyes ran close by her**
Biały Królik o różowych oczach przebiegł obok niej

**There was nothing overly remarkable about the rabbit**
W króliku nie było nic nadzwyczajnego
**and Alice did not think the rabbit remarkable either**
Alicja też nie uważała królika za niezwykłego

**nor did it surprise her when the Rabbit spoke**
Nie zdziwiła się też, gdy Królik się odezwał
**"Oh dear! I shall be too late!" he said to himself**
"Ojej! Spóźnię się – powiedział do siebie
**but then the Rabbit did something that rabbits didn't do**
ale potem Królik zrobił coś, czego króliki nie zrobiły
**the Rabbit took a watch out of its waistcoat-pocket**
Królik wyjął zegarek z kieszeni kamizelki
**he looked at the time and then hurried on**
Spojrzał na godzinę, a potem pospieszył dalej
**Alice got to her feet, in amazement**
Alicja zerwała się na równe nogi ze zdumienia
**she had never seen a rabbit with a waistcoat before!**
Nigdy wcześniej nie widziała królika w kamizelce!
**nor had she ever seen a rabbit with a watch!**
Nigdy też nie widziała królika z zegarkiem!
**Alice was burning with a new curiosity**
Alicja płonęła nową ciekawością
**and she ran across the field after the Rabbit**
i pobiegła przez pole za Królikiem
**she was just in time to see the rabbit disappear**
Zdążyła w samą porę, by zobaczyć, jak królik znika
**the rabbit hopped down into a large rabbit-hole**
Królik wskoczył do dużej króliczej nory
**In another moment, down went Alice after the rabbit!**
Po chwili Alicja poszła na dół za królikiem!
**The rabbit-hole went straight on like a tunnel**
Królicza nora ciągnęła się prosto jak tunel
**and the tunnel kept going for some distance**
Tunel ciągnął się jeszcze przez jakiś czas
**and then the path suddenly dipped down**
A potem ścieżka nagle zapadła się w dół
**Alice had not a moment to think about stopping herself**
Alicja nie miała ani chwili na myśl, żeby się powstrzymać
**she found herself falling down and down and down**
Złapała się na tym, że upada i upada i upada
**it seemed as if she had fallen down a very deep well**

Wyglądało to tak, jakby wpadła do bardzo głębokiej studni
**Either the well was very deep, or she fell very slowly**
Albo studnia była bardzo głęboka, albo spadała bardzo powoli
**because she had plenty of time to fall**
bo miała dużo czasu do upadku
**as she was falling she could look all around her**
Kiedy upadała, mogła rozejrzeć się dookoła
**First, she tried to make out where she was going**
Najpierw próbowała zorientować się, dokąd idzie
**but the well was too dark to see anything**
Ale studnia była zbyt ciemna, by cokolwiek zobaczyć
**then she looked at the sides of the well**
Potem spojrzała na boki studni
**and she noticed that there were cupboards all around her**
I zauważyła, że wokół niej są szafki
**and all around the well were book-shelves**
a dookoła studni znajdowały się półki z książkami
**here and there she saw maps and pictures hung upon pegs**
Tu i ówdzie widziała mapy i obrazy zawieszone na kołkach
**She took down a jar from one of the shelves as she passed**
Przechodząc obok zdjąła słoik z jednej z półek
**the jar was labelled for its content**
Słoik został oznaczony ze względu na jego zawartość
**"MARMALADE MADE FROM ORANGES"**
"MARMOLADA Z POMARAŃCZY"
**but, to her great disappointment, the marmalade jar was empty**
Ale, ku jej wielkiemu rozczarowaniu, słoik po marmoladzie był pusty
**she did not want to drop the empty marmalade jar**
Nie chciała upuścić pustego słoika po marmoladzie
**and her fall was very slow**
a jej upadek był bardzo powolny
**so she managed to put the marmalade jar into one of the cupboards**
Udało jej się więc schować słoik marmolady do jednej z szafek
**Down, down, down she fall!**

W dół, w dół, w dół, ona upada!
**Would the fall ever come to an end?**
Czy ten upadek kiedykolwiek się skończy?
**There was nothing else to do**
Nie było nic innego do roboty
**so Alice soon began talking to herself**
więc Alicja wkrótce zaczęła mówić do siebie
**"Dinah will miss me very much tonight, I should think!"**
– Myślę, że Dinah będzie za mną dziś bardzo tęsknić!
**Dinah was Alice's cat**
Dinah była kotką Alicji
**"I hope they'll remember her saucer of milk at tea-time"**
"Mam nadzieję, że przypomną sobie jej spodek z mlekiem w porze podwieczorku"
**"Dinah, my dear, I wish you were down here with me!"**
— Dinah, moja droga, chciałabym, żebyś była tu ze mną!
**Alice felt that she was dozing off**
Alicja czuła, że zasypia
**and then suddenly, thump! thump!**
A potem nagle, łomot! Thump!
**down she fell upon a heap of sticks**
Upadła na stertę patyków
**and she landed on a pile of dry leaves**
i wylądowała na stercie suchych liści
**and finally the long fall down the hole was over**
i w końcu długi upadek w dół dobiegł końca
**Alice was not a bit hurt**
Alicja nie była ani trochę zraniona
**and she jumped up within a moment**
i w mgnieniu oka podskoczyła
**She looked up, but it was all dark overhead**
Spojrzała w górę, ale nad jej głową było ciemno
**in front of her was another long corridor**
Przed nią znajdował się kolejny długi korytarz
**and the White Rabbit was still in sight**
a Biały Królik wciąż był w zasięgu wzroku
**he was hurrying down the corridor**

Spieszył się korytarzem
**There was not a moment to be lost**
Nie było ani chwili do stracenia
**off ran Alice like the wind**
odeszła Alicja jak wiatr
**around the corner turned the rabbit**
Za rogiem odwrócił się królik
**she was just in time to hear the rabbit**
Zdążyła w samą porę, by usłyszeć królika
**""Oh, my ears and whiskers"**
"Och, moje uszy i wąsy"
**"how late it's getting!"**
"Jak późno się robi!"
**She was close behind the rabbit**
Była tuż za królikiem
**she turned around another corner**
Skręciła za kolejny róg
**but the Rabbit was no longer to be seen**
ale Królika już nie było widać
**She found herself in a long, low hall**
Znalazła się w długim, niskim korytarzu
**the hall was lit up by a row of ceiling lamps**
Hol oświetlał rząd lamp sufitowych
**There were doors all around the hall**
Dookoła korytarza były drzwi
**but all the doors were locked**
ale wszystkie drzwi były zamknięte
**she walked all the way down one side of the hall**
Przeszła całą drogę po jednej stronie korytarza
**and she had walked all the way up the other side of the hall**
Przeszła całą drogę na drugą stronę korytarza
**she had tried every door**
Wypróbowała wszystkie drzwi
**and she walked sadly down the middle of the hall**
i poszła smutna środkiem korytarza
**"how am I ever going to get out again?"**
"Jak ja kiedykolwiek znowu się stąd wydostanę?"

**Suddenly she came upon a little table**
Nagle natknęła się na mały stolik
**the table was made entirely of solid glass**
Stół został wykonany w całości z litego szkła
**There was nothing on the table but a tiny golden key**
Na stole nie leżało nic prócz maleńkiego złotego kluczyka
**the key might belong to one of the doors!**
Klucz może należeć do jednych z drzwi!
**but, alas! some of the locks were too large for the keys**
Ale, niestety! Niektóre zamki były za duże na klucze
**and for the other locks the key was too small**
a do innych zamków klucz był za mały
**but, at any rate, the key opened none of the doors**
W każdym razie klucz nie otwierał żadnych drzwi
**but what was she to do?**
Ale cóż miała począć?
**she went through the hall again**
Znowu przeszła przez korytarz
**and this time she noticed a low curtain**
I tym razem zauważyła niską firankę
**behind the curtain was a little door**

Za kotarą znajdowały się małe drzwiczki
**the door was about fifteen inches high**
Drzwi miały około piętnastu cali wysokości
**She tried the little golden key in the lock**
Spróbowała małego złotego kluczyka w zamku
**and to her great delight, the key fit in the lock!**
I ku jej wielkiej radości klucz zmieścił się w zamku!
**Alice opened the door**
Alicja otworzyła drzwi
**and she found the door led into a small corridor**
I zobaczyła, że drzwi prowadzą do małego korytarza
**the corridor was not much larger than a rat-hole**
Korytarz był niewiele większy od szczurzej nory
**she knelt down and looked along the corridor**
Uklękła i rozejrzała się po korytarzu
**and she saw the loveliest garden you have ever seen**
i zobaczyła najpiękniejszy ogród, jaki kiedykolwiek widziałeś
**how she longed to get out of that dark hall**
Jakże pragnęła wydostać się z tego ciemnego korytarza
**how she wanted to wander among those bright flowers**
Jakże chciała wędrować wśród tych jaskrawych kwiatów
**how cool refreshing those fountains looked**
jak fajnie wyglądały te fontanny
**but she could not even get her head through the doorway**
Nie mogła jednak nawet przebić się przez drzwi
**"Oh," said Alice, mournfully**
— Och — rzekła Alicja ze smutkiem
**"how I wish I could fold up like a telescope!"**
"Jakże bym chciał się złożyć jak teleskop!"
**"I think I could fold up like a telescope"**
"Myślę, że mógłbym się złożyć jak teleskop"
**"if I only knew how to begin"**
"Gdybym tylko wiedział, jak zacząć"
**Alice went back to the table**
Alicja wróciła do stołu
**there was the chance of finding another key**
Była szansa na odnalezienie kolejnego klucza

or there might be a book of rules
Albo może być księga zasad
the book could tell her how to fold up like a telescope
Książka mogłaby jej powiedzieć, jak złożyć się jak teleskop
This time she found a little bottle
Tym razem znalazła małą buteleczkę
"this bottle certainly was not here before," said Alice
– Tej butelki na pewno jeszcze tu nie było – powiedziała Alice
and tied around the neck of the bottle was a paper label
Na szyjce butelki zawieszona była papierowa etykieta
the label was beautifully printed in large letters
Etykieta była pięknie wydrukowana dużymi literami
**"DRINK ME"**
"WYPIJ MNIE"
**"No, I'll look first," she said**
– Nie, najpierw przyjrzę się – powiedziała
**"I'll see whether the bottle is marked as poisonous or not,"**
"Zobaczę, czy butelka jest oznaczona jako trująca, czy nie"
**because she never forgot the lesson about poison**
bo nigdy nie zapomniała lekcji o truciźnie
**"if a bottle is labelled poisonous, it's bound to disagree with you"**
"Jeśli butelka jest oznaczona jako trująca, na pewno się z tobą nie zgodzi"
**However, this bottle was not marked as poisonous**
Jednak butelka ta nie była oznaczona jako trująca
**so Alice ventured to taste the content of the bottle**
Alicja odważyła się więc skosztować zawartości butelki
**she found the liquid quite to her liking**
Stwierdziła, że płyn przypadł jej do gustu
**the drink had a sort of mixed flavour**
Napój miał coś w rodzaju mieszanego smaku
**cherry-tart, custard, and pineapple**
tarta wiśniowa, budyń, ananas
**roast turkey, toffee, and toast with hot butter**
pieczony indyk, toffi i tosty z gorącym masłem
**and she soon finished off the bottle**

i wkrótce dokończyła butelkę
**"What a curious feeling!" said Alice**
"Cóż za dziwne uczucie!" powiedziała Alicja
**"I am folding up like a telescope!"**
"Składam się jak teleskop!"
**And she was folding up like a telescope indeed!**
A ona składała się jak teleskop!
**She was now only ten inches high**
Miała teraz tylko dziesięć cali wzrostu
**and her face brightened up at her thoughts**
a twarz jej rozjaśniła się na myśl
**now she was the the right size for the little door**
Teraz miała odpowiedni rozmiar do małych drzwi
**now she could go into that lovely garden**
Teraz mogła wejść do tego pięknego ogrodu
**soon she stopped getting smaller**
Wkrótce przestała się zmniejszać
**she decided on going into the garden at once**
Postanowiła od razu pójść do ogrodu
**but, alas for poor Alice!**
ale, biada biednej Alicji!
**she got to the door**
Dotarła do drzwi
**but she had forgotten the little golden key**
Zapomniała jednak małego złotego kluczyka
**she went back to the table for the key**
Wróciła do stołu po klucz
**but she found she could not reach high enough**
Stwierdziła jednak, że nie jest w stanie sięgnąć wystarczająco
wysoko
**she could see the key quite plainly through the glass**
Przez szybę widziała klucz całkiem wyraźnie
**she tried to climb up the legs of the table**
Spróbowała wspiąć się na nogi stołu
**but the glass was far too slippery**
Ale szklanka była zdecydowanie zbyt śliska
**eventually she tired herself out with trying**

W końcu zmęczyła się próbami
**and the poor little girl sat down and cried**
Biedna dziewczynka usiadła i płakała
**Alice spoke to herself rather sharply**
Alicja mówiła do siebie dość ostro
**"Come, there's no use in crying like that!"**
"Chodź, nie ma sensu tak płakać!"
**"I advise you to stop right this minute!"**
"Radzę ci natychmiast przestać!"
**She generally gave herself very good advice**
Generalnie dawała sobie bardzo dobre rady
**though she very seldom followed her own advice**
choć bardzo rzadko stosowała się do własnych rad
**and she sometimes was too harsh on herself**
i czasami była dla siebie zbyt surowa
**and her words brought tears into her eyes**
a jej słowa sprawiły, że łzy napłynęły jej do oczu
**Soon her eye fell upon a little glass box**
Wkrótce jej wzrok padł na małe szklane pudełko
**the little glass box was lying under the table**
Małe szklane pudełko leżało pod stołem
**in the glass box was a very small cake**
W szklanym pudełku znajdowało się bardzo małe ciastko
**on the cake some words were beautifully written**
Na torcie pięknie napisane były słowa
**the words had been marked in currants**
Słowa były zaznaczone w porzeczkach
**"EAT ME"**
"ZJEDZ MNIE"
**"Well, I'll eat the cake," said Alice**
– No cóż, zjem ciastko – powiedziała Alicja
**"and if the cake makes me grow larger, I can reach the key"**
"a jeśli ciasto sprawi, że urosnę, mogę dotrzeć do klucza"
**"and if the cake makes me grow smaller, I can creep under
the door"**
"a jeśli ciasto sprawi, że umniejszę, mogę wślizgnąć się pod
drzwi"

"so either way I'll get into the garden"
"więc tak czy inaczej wejdę do ogrodu"
"and I don't care which of the two happens!"
"I nie obchodzi mnie, które z tych dwóch rzeczy się zdarzy!"
She ate a little bit of the cake
Zjadła kawałek ciasta
and she anxiously spoke to herself:
I z niepokojem mówiła do siebie:
"Which way? Which way?"
— Którędy? Którędy?
and she held her hand on her head
I trzymała rękę na głowie
she wanted to feel which way she was growing
Chciała wyczuć, w którą stronę się rozwija
she was quite surprised to find what had happened
Była bardzo zaskoczona, gdy dowiedziała się, co się stało
she had remained the same size!
Pozostała tego samego rozmiaru!
so this time she doubled her efforts
Tym razem więc podwoiła swoje wysiłki
and soon she finished off the whole cake
i wkrótce skończyła całe ciasto

## The Pool of Tears
### Kałuża łez

**"This is getting more and more interesting!" cried Alice**

"Robi się to coraz ciekawsze!" zawołała Alicja

**You can see she was very surprised**

Widać, że była bardzo zaskoczona

**"I'm opening out like the largest telescope there ever was!"**

"Otwieram się, jakby był to największy teleskop, jaki kiedykolwiek istniał!"

**"Good-bye, feet! Oh, my poor little feet"**

"Żegnajcie, stopy! Och, moje biedne małe stópki"

**"I wonder who will put on your shoes for you now, dears?"**

– Ciekawe, kto teraz założy wam buty, kochani?

**"and I wonder who will put on your stockings?"**

– A ja się dziwię, kto ci założy pończochy?

**"I shall be a great deal too far away"**

"Będę o wiele za daleko"

**"I won't be able trouble myself about you anymore"**

"Nie będę już mógł się o ciebie martwić"

**Just at this moment her head struck against something**

Właśnie w tym momencie uderzyła o coś głową

**she had reached the roof of the hall**

Dotarła na dach hali

**in fact, she was now more than two meters tall**

W rzeczywistości miała teraz ponad dwa metry wzrostu

**and she at once took up the little golden key**

I natychmiast wzięła do ręki mały złoty kluczyk

**and she hurried off to the garden door**

i pośpieszyła do drzwi ogrodu

**Poor Alice! There was not much she could do**

Biedna Alicja! Niewiele mogła zrobić

**she laid down on one side**

Położyła się na boku

**and she looked through into the garden with one eye**

I jednym okiem patrzyła na ogród

**but to get through was more hopeless than ever**

Ale przetrwanie było bardziej beznadziejne niż kiedykolwiek

**She sat down and began to cry again**
Usiadła i znowu zaczęła płakać
**She went on shedding gallons of tears**
Dalej wylewała litry łez
**soon there was a large pool all around her**
Wkrótce wokół niej pojawiła się duża kałuża
**and the water reached half-way down the hall**
a woda sięgała do połowy korytarza
**After a time, she heard a little pattering of feet**
Po pewnym czasie usłyszała cichy tupot stóp
**she heard the feet coming from the distance**
Usłyszała dobiegające z oddali stopy
**and she hastily dried her eyes to see what was coming**
i pośpiesznie otarła oczy, aby zobaczyć, co ma nadejść
**It was the White Rabbit returning**
To był powrót Białego Królika
**he was splendidly dressed**
Był wspaniale ubrany
**he had a pair of white gloves in one hand**
W jednej ręce trzymał parę białych rękawiczek
**and he had a large feather fan in the other hand**
a w drugiej ręce trzymał duży wachlarz z piór
**He came trotting along in a great hurry**
Szedł kłusem w wielkim pośpiechu
**and he muttered to himself, "Oh! the Duchess, the Duchess!"**
i mruknął do siebie: "Och! Księżna, księżna!
**"Oh! won't she be savage if I've kept her waiting!"**
— Och! Czyż nie będzie dzika, jeśli każę jej czekać!"

**When the Rabbit came near her, Alice spoke**
Kiedy Królik zbliżył się do niej, Alicja przemówiła
**but she spoke in a low, timid voice**
Mówiła jednak niskim, nieśmiałym głosem
**"sir, please stop what you're doing for one moment"**
"Proszę pana, proszę na chwilę przerwać to, co pan robi"
**The Rabbit startled violently**
Królik przestraszył się gwałtownie
**he dropped the white gloves and the feather fan**
Upuścił białe rękawiczki i wachlarz z piór
**and he scurried away into the darkness as fast as he could**
i pomknął w ciemność tak szybko, jak tylko mógł
**Alice picked up the feather fan and gloves**
Alice podniosła wachlarz z piór i rękawiczki
**and she kept fanning herself while she kept talking**
I wachlowała się, gdy mówiła
**"Dear, dear! How strange everything is today!"**

"Kochanie, kochanie! Jakże dziwne jest dzisiaj wszystko!"
**"yesterday things went on just as usual"**
"Wczoraj wszystko toczyło się jak zwykle"
**"Was I the same when I got up this morning?"**
– Czy byłem taki sam, kiedy wstałem dziś rano?
**"But if I'm not the same, there is another question"**
"Ale jeśli nie jestem taki sam, to jest inne pytanie"
**"Who in the world am I?"**
"Kim, u licha, jestem?"
**"Ah, that's the great puzzle!"**
"Ach, to jest wielka zagadka!"
**As she said this, she looked down at her hands**
Mówiąc to, spojrzała w dół na swoje dłonie
**she was wearing one of the rabbits little white gloves**
Miała na sobie jedną z małych białych rękawiczek królika
**she hadn't noticed she put the glove on while talking**
Nie zauważyła, że założyła rękawiczkę podczas rozmowy
**"How can I have done that?" she thought**
"Jak mogłam to zrobić?" – pomyślała
**"I must be growing small again"**
"Chyba znowu staję się mały"
**She got up and went to the table to measure her height**
Wstała i podeszła do stołu, aby zmierzyć swój wzrost
**she found that she was now about half a meter tall**
Okazało się, że ma teraz około pół metra wzrostu
**and she was still shrinking rapidly**
i nadal szybko się kurczyła
**She soon found out what the cause of the shrinking was**
Wkrótce dowiedziała się, co było przyczyną kurczenia się
**the feather fan was making her smaller again!**
Wachlarz z piór sprawiał, że znów była mniejsza!
**and she dropped the feather fan hastily**
i pospiesznie upuściła wachlarz z piór
**she dropped the feather fan just in time to save herself**
Upuściła wachlarz z piór w samą porę, by się uratować
**had she fanned herself any longer she would have shrunk
away entirely**

Gdyby wachlowała się jeszcze bardziej, skurczyłaby się całkowicie
**"That was a narrow escape!" said Alice**
"To była mała ucieczka!" powiedziała Alicja
**and she was a good deal frightened at the sudden change**
Była bardzo przerażona tą nagłą zmianą
**but she was very glad to find herself still in existence**
Była jednak bardzo zadowolona, że wciąż istnieje
**"And now, off to the garden!"**
— A teraz do ogrodu!
**And she ran with all speed back to the little door**
I pobiegła czym prędzej z powrotem do małych drzwi
**but, alas! the little door was shut again**
Ale, niestety! Małe drzwiczki znów się zamknęły
**and the little golden key was lying on the glass table again**
A mały złoty kluczyk znów leżał na szklanym stole
**"Things are worse than ever," thought the poor child**
"Jest gorzej niż kiedykolwiek" – pomyślało biedne dziecko
**"I never was so small as this before, never!"**
"Nigdy wcześniej nie byłam tak mała, nigdy!"
**As she said these words, her foot slipped**
Gdy wypowiedziała te słowa, poślizgnęła się jej stopa
**and in another moment there was a great splash!**
A za chwilę rozległ się wielki plusk!
**she was up to her chin in salt-water**
Była po brodę w słonej wodzie
**Her first idea was that she had somehow fallen into the sea**
Jej pierwszą myślą było to, że w jakiś sposób wpadła do morza
**However, she soon realized what she was in**
Szybko jednak zdała sobie sprawę, w czym się znalazła
**she was in a pool of tears**
Była w kałuży łez
**the tears she had wept when she was two meters tall**
Łzy, które wypłakała, gdy miała dwa metry wzrostu

**Just then she heard something**
Właśnie wtedy coś usłyszała
**something was splashing about in the pool**
Coś pluskało się w basenie
**the splashing came from a little way off**
Plusk dochodził z daleka
**and she swam nearer to see what the splashing was**
Podpłynęła bliżej, żeby zobaczyć, co to za plusk
**she soon saw that it was only a little mouse**
Wkrótce przekonała się, że to tylko mała myszka
**the little mouse had slipped in to the water too**
Mała myszka też wślizgnęła się do wody
**Alice thought to herself about the situation**
Alicja zastanowiła się nad sytuacją
**"Would it be of any use to speak to this mouse?"**
— Czy na nic się zda rozmowa z tą myszką?

**"Everything is so up-side-down down here"**
"Tu wszystko jest takie wywrócone do góry nogami"
**"I should think very likely this mouse can talk"**
"Myślę, że jest bardzo prawdopodobne, że ta mysz potrafi
mówić"
**"at any rate, there's no harm in trying"**
"W każdym razie nie ma nic złego w próbowaniu"
**So she began trying to talk to the mouse**
Zaczęła więc próbować rozmawiać z myszą
**"Oh Mouse, do you know the way out of this pool?"**
"Och, Mysz, znasz wyjście z tego basenu?"
**"I am very tired of swimming about here, Oh Mouse!"**
"Jestem bardzo zmęczony pływaniem tutaj, o Mysz!"
**The mouse looked at her rather inquisitively**
Mysz spojrzała na nią dość ciekawie
**the mouse seemed to wink with one of its little eyes**
Mysz zdawała się mrugać jednym ze swoich małych oczu
**but the little mouse said nothing**
Ale mała myszka nic nie powiedziała
**"Perhaps the mouse doesn't understand English," thought
Alice**
"Może mysz nie rozumie angielskiego" – pomyślała Alice
**"I dare say it's a French mouse"**
"Śmiem twierdzić, że to francuska mysz"
**"perhaps this mouse came over with William the Conqueror"**
"być może ta mysz przyszła z Wilhelmem Zdobywcą"
**So she began again, in French**
Zaczęła więc od nowa, tym razem po francusku
**"Where is my cat?" she asked in French**
"Gdzie jest mój kot?" zapytała po francusku
**it was the first sentence in her French lesson-book**
To było pierwsze zdanie w jej zeszycie do lekcji francuskiego
**The Mouse gave a sudden leap out of the water**
Mysz nagle wyskoczyła z wody
**and the mouse seemed to quiver all over with fright**
a mysz zdawała się drżeć ze strachu
**"Oh, I beg your pardon!" cried Alice hastily**

— Och, przepraszam cię! — zawołała pośpiesznie Alicja
**she was afraid that she had hurt the poor animal's feelings**
Bała się, że zraniła uczucia biednego zwierzęcia
**"I quite forgot you didn't like cats"**
"Zupełnie zapomniałem, że nie lubisz kotów"
**"I don't like cats!" cried the Mouse in a shrill, passionate voice**
"Nie lubię kotów!" zawołała Mysz przenikliwym, namiętnym głosem
**"Would you like cats, if you were me?"**
"Czy na moim miejscu chciałbyś mieć koty?"
**Alice comforted the mouse in a soothing tone**
Alicja pocieszyła mysz kojącym tonem
**"Well, perhaps I would not like cats if I were you either"**
"Cóż, może na twoim miejscu też bym nie lubił kotów"
**"please don't be angry about the mention of cats"**
"Proszę, nie gniewaj się na wzmiankę o kotach"
**"And yet I wish I could show you our cat Dinah"**
"A jednak żałuję, że nie mogę pokazać ci naszej kotki Dinah"
**"if you met her I think you'd take a fancy to cats"**
"gdybyś ją spotkał, myślę, że spodobałyby ci się koty"
**"if you could only see her"**
"Gdybyś tylko mógł ją zobaczyć"
**"She is such a dear, quiet thing"**
"Ona jest taka kochana, cicha rzecz"
**The mouse was shaking all over**
Mysz trzęsła się na całym ciele
**Alice felt certain the mouse must be really offended**
Alicja była pewna, że mysz musi być naprawdę urażona
**"We won't talk about her any more, if you'd rather not"**
"Nie będziemy już o niej rozmawiać, jeśli wolisz"
**"We, indeed!" cried the Mouse**
"My doprawdy!" zawołała Mysz
**the mouse was trembling down to the end of its tail**
Mysz drżała aż do końca ogona
**"As if I would talk on such a subject!"**
"Jakbym miał mówić na taki temat!"

**"Our family always hated cats"**
"Nasza rodzina zawsze nienawidziła kotów"
**"cats; nasty, low, vulgar things!"**
"Koty; Paskudne, niskie, wulgarne rzeczy!"
**"Don't let me hear the name again!"**
"Nie pozwól mi więcej usłyszeć tego imienia!"
**"I won't mention cats again indeed!" said Alice**
"Naprawdę nie wspomnę już o kotach!" powiedziała Alicja
**she was in a great hurry to change the subject**
Bardzo się spieszyła ze zmianą tematu
**"Are you... are you fond of dogs?"**
"Czy jesteś... Lubisz psy?
**"There is such a nice little dog near our house,"**
"W pobliżu naszego domu jest taki miły piesek"
**"I should like to show you the little dog!"**
— Chciałabym ci pokazać tego małego pieska!
**"this little dog kills all the rats and...**
"Ten mały piesek zabija wszystkie szczury i...
**"oh, dear!" cried Alice in a sorrowful tone**
"Och, ojej!" zawołała Alicja smutnym tonem
**"I'm afraid I've offended you again!"**
"Obawiam się, że znowu cię obraziłem!"
**the mouse was swimming away from her as fast as it could go**
Mysz oddalała się od niej tak szybko, jak tylko mogła
**and the mouse made quite a commotion in the pool**
a mysz narobiła niezłego zamieszania w basenie
**So she called softly after the mouse**
Zawołała więc cicho za myszką
**"my dear mouse, please come back!"**
"Moja droga Myszko, proszę, wróć!"
**"and we won't talk about cats"**
"I nie będziemy rozmawiać o kotach"
**"and we don't have to talk about dogs either"**
"I o psach też nie musimy rozmawiać"
**When the mouse heard this, it turned around**
Kiedy mysz to usłyszała, odwróciła się

**and the little mouse swam slowly back to her**
A mała myszka powoli wróciła do niej
**the mouse's face was quite pale**
Twarz myszy była dość blada
**and the mouse spoke, in a low, trembling voice**
A mysz przemówiła niskim, drżącym głosem
**"Let us get to the shore"**
"Chodźmy na brzeg"
**"and then I'll tell you my history"**
"a potem opowiem ci moją historię"
**"and you'll understand why it is I hate cats and dogs"**
"I zrozumiesz, dlaczego nienawidzę psów i kotów"
**It had become high time to go**
Najwyższy czas odejść
**because the pool was getting quite crowded**
ponieważ basen robił się dość zatłoczony
**other birds and animals had fallen into the pool**
Inne ptaki i zwierzęta wpadły do basenu
**there were a Duck and a Dodo**
Była tam Kaczka i Dodo
**and there was a Lory bird and an Eaglet**
Był też ptak Lory i Orlik
**and there were several other interesting looking creatures**
i było jeszcze kilka innych ciekawie wyglądających stworzeń
**Alice led the way out the pool**
Alice poprowadziła nas do wyjścia z basenu
**and the whole party of animals swam to the shore**
i cała gromada zwierząt dopłynęła do brzegu

**A caucus race and a long tail**
Wyścig klubowy i długi ogon
**They were indeed a funny-looking bunch of animals**
Była to rzeczywiście śmiesznie wyglądająca gromada zwierząt
**and they all assembled on the water's bank**
i wszyscy zebrali się na brzegu wody
**the birds all had bedraggled feathers**
Wszystkie ptaki miały potargane pióra
**and the furry animals were soaked through**
a futrzaste zwierzęta były przemoczone na wskroś
**and all were dripping wet, annoyed and uncomfortable**
i wszyscy byli mokrzy, zirytowani i nieswojo

**there was one question that had to be answered first**
Było jedno pytanie, na które trzeba było najpierw
odpowiedzieć
**what is the best way for everyone to get dry?**
Jaki jest najlepszy sposób, aby wszyscy mogli wysuszyć?
**They had a consultation about this matter**
Odbyli konsultację w tej sprawie
**soon they were all on familiar terms**
Wkrótce wszyscy byli w znajomych stosunkach
**it was as if she had known them all her life**
Wyglądało to tak, jakby znała je całe życie
**the mouse seemed to be a person of some authority**
Mysz wydawała się być osobą o jakimś autorytecie

**"Sit down, all of you, and listen to me!**
"Usiądźcie wszyscy i posłuchajcie mnie!
**"I'll soon make you all dry again!"**
"Niedługo sprawię, że wszyscy znów wyschniecie!"
**They all sat down at once, in a large ring**
Wszyscy naraz usiedli w dużym kręgu
**and the little mouse sat in the middle**
A mała myszka siedziała pośrodku
**"Ahem!" said the mouse with an important air**
"Ach!" powiedziała mysz z poważnym tonem
**"Are you all ready?"**
– Jesteście gotowi?
**"This is the driest thing I know"**
"To najbardziej sucha rzecz, jaką znam"
**"Silence all around, if you please!"**
— Cisza dookoła, jeśli chcesz!
**"William the Conqueror was favoured by the pope"**
"Wilhelm Zdobywca był faworyzowany przez papieża"
**"but he was soon submitted to by the English"**
"Wkrótce jednak został poddany przez Anglików"
**"they wanted leaders of late"**
"Ostatnio chcieli przywódców"
**"and they had been accustomed to power and conquest"**
"I byli przyzwyczajeni do władzy i podbojów"
**"Edwin and Morcar, the Earls of Mercia and Northumbria"**
"Edwin i Morcar, hrabiowie Mercji i Northumbrii"
**"Ugh!" said the lori bird, with a shiver**
"Ugh!" powiedział ptak lori z dreszczem
**"and even Stigand, the patriotic archbishop of Canterbury"**
"a nawet Stigand, patriotyczny arcybiskup Canterbury"
**"he also found it advisable"**
"On też uznał to za wskazane"
**"What did he find advisable?" said the duck**
"Co uznał za wskazane?" zapytała kaczka
**"He found it advisable" the mouse replied rather crossly**
– Uznał to za wskazane – odparła mysz dość krzywo
**but the duck was not satisfied**

Ale kaczka nie była zadowolona
**"of course, you know what 'it' means"**
"Oczywiście, wiesz, co oznacza 'to'"
**"I know what 'it' is when I find a thing," said the duck**
— Wiem, co to jest, kiedy coś znajdę — powiedziała kaczka
**"it's generally a frog or a worm"**
"Zazwyczaj jest to żaba lub robak"
**"The question is, what did the archbishop find?"**
– Pytanie brzmi, co znalazł arcybiskup?
**The mouse did not notice this question**
Mysz nie zauważyła tego pytania
**instead, the mouse hurriedly went on with the speech**
Zamiast tego mysz pospiesznie kontynuowała przemówienie
**"he found it advisable to go with Edgar Atheling"**
"uznał za wskazane, aby pojechać z Edgarem Athelingiem"
**"to meet William and offer him the crown"**
"spotkać się z Williamem i zaoferować mu koronę"
**the mouse continued, turning to Alice as it spoke**
Mysz kontynuowała, zwracając się do Alicji, gdy to mówiła
**"How are you getting on now, my dear?"**
– Jak się teraz masz, moja droga?
**"As wet as ever," said Alice in a melancholy tone**
– Tak mokra jak zawsze – powiedziała Alicja melancholijnym
tonem
**"this story doesn't seem to dry me at all"**
"Ta historia wcale mnie nie wysusza"
**"In that case," said the dodo solemnly, rising to its feet**
— W takim razie — odparł dodo z powagą, wstając
**"I vote that the meeting be adjourned"**
"Głosuję za odroczeniem posiedzenia"
**"and I propose an immediate adoption of more energetic remedies"**
"i proponuję natychmiastowe przyjęcie bardziej energicznych
środków zaradczych"
**"Speak real words!" said the eaglet**
"Mów prawdziwe słowa!" powiedział orzeł
**"I don't know the meaning of half of those long words"**

"Nie znam znaczenia połowy tych długich słów"
**"and, what's more, I don't believe you know either!"**
— A co więcej, nie wierzę, że ty też wiesz!
**"What I was going to say," said the dodo in an offended tone**
— To, co miałem zamiar powiedzieć — odparł dodo
urażonym tonem
**"the best thing to get us dry would be a caucus-race"**
"Najlepszą rzeczą, która by nas wysuszyła, byłby wyścig
klubowy"
**"What is a caucus-race?" said Alice**
"Co to jest wyścig klubowy?" zapytała Alicja

**"Well," said the dodo, "the best way to explain it is to do it"**
"No cóż," powiedział dodo, "najlepszym sposobem, aby to
wyjaśnić, jest zrobienie tego"
**"First the dodo marked out a race-course"**
"Najpierw dodo wytyczył tor wyścigowy"
**"the track was in a sort of circle"**
"Tor był w pewnym sensie w kręgu"
**"and then all the party were placed along the course"**
"A potem cała grupa została ustawiona wzdłuż trasy"
**There was no "One, two, three and away!"**
Nie było "Raz, dwa, trzy i dalej!".
**but they began running when they liked**
Ale zaczęli uciekać, kiedy im się podobało

**and they also finished when they liked**
A także kończyli, kiedy im się podobało
**so it was not easy to know when the race was over**
Nie było więc łatwo zorientować się, kiedy wyścig dobiegł końca
**after half an hour or so of running they were all quite dry**
Po około pół godzinie biegu wszystkie były całkiem suche
**the dodo suddenly called out, "The race is over!"**
Dodo nagle zawołał: "Wyścig się skończył!"
**and they all crowded around the dodo**
i wszyscy tłoczyli się wokół dodo
**all the animals were panting and puffing**
Wszystkie zwierzęta dyszały i sapały
**and they all wanted to know, "But who has won?"**
i wszyscy chcieli wiedzieć: "Ale kto wygrał?"
**This question the dodo could not immediately answer**
Na to pytanie dodo nie potrafił od razu odpowiedzieć
**first he had to do a great deal of thinking**
Najpierw musiał się bardzo mocno zastanowić
**after much thinking, the dodo finally spoke**
Po długim namyśle, Dodo w końcu się odezwał
**"Everybody has won, and all must have prizes"**
"Każdy wygrał i każdy musi mieć nagrody"
**"But who is to give the prizes?" asked a chorus of voices**
"Ale kto ma dać nagrody?" zapytał chór głosów
**"Well, she, of course," said the dodo**
— No cóż, ona, oczywiście — odparł dodo
**and the dodo pointed with one finger to Alice**
a dodo wskazał jednym palcem na Alicję
**and the whole party of animals crowded around her**
i cała gromada zwierząt tłoczyła się wokół niej
**they called out, in a confused way, "Prizes! Prizes!"**
Wołali zmieszanym głosem: "Nagrody! Nagrody!"
**Alice had no idea what to do**
Alicja nie miała pojęcia, co robić
**in despair she put her hand into her pocket**
Zrozpaczona włożyła rękę do kieszeni

**and she pulled out a box of sweets**
i wyciągnęła pudełko słodyczy
**luckily the salt-water had not got into the box**
Na szczęście słona woda nie dostała się do pudełka
**and she handed the sweets around as prizes**
I rozdawała słodycze jako nagrody
**There was exactly one piece for everyone**
Dla każdego znalazł się dokładnie jeden element
**The next thing they had to do was to eat the sweets**
Następną rzeczą, którą musieli zrobić, było zjedzenie słodyczy
**this caused some noise and confusion**
Spowodowało to pewien hałas i zamieszanie
**the large birds complained that they could not taste their sweets**
Duże ptaki skarżyły się, że nie mogą skosztować swoich słodyczy
**the small ones choked and had to be patted on the back**
Małe się dusiły i trzeba było je poklepywać po plecach
**However, it was over at last**
Jednak w końcu to się skończyło
**and they sat down again in a ring**
I znowu usiedli w kręgu
**and they begged the mouse to tell them something more**
I błagali mysz, aby powiedziała im coś więcej
**"You promised to tell me your history, you know," said Alice**
– Obiecałaś, że opowiesz mi swoją historię – powiedziała Alicja
**and she made another little remark about cats in a whisper**
I szeptem rzuciła kolejną małą uwagę na temat kotów
**she didn't want to offend the mouse again**
Nie chciała znowu urazić myszy
**the little mouse turned to Alice and sighed**
mała myszka odwróciła się do Alicji i westchnęła
**"Mine is a long and a sad tale!"**
"Moja opowieść jest długa i smutna!"
**"It is a long tail, certainly," said Alice**
— To z pewnością długi ogon — powiedziała Alicja

**and she looked down with wonder at the mouse's tail**
i spojrzała ze zdumieniem na ogon myszy
**"but why do you call it a sad tail?"**
– Ale dlaczego nazywasz to smutnym ogonem?
**And she kept on puzzling about it while the mouse was speaking**
I zastanawiała się nad tym, podczas gdy mysz mówiła
**so that her idea of the tale was something like this**
Tak więc jej wyobrażenie o tej opowieści wyglądało mniej więcej tak

<pre>
          "Fury said to
            a mouse, That
              he met in the
                house, 'Let
                  us both go
                    to law: I
                    will prosecute
                    you.——
                      Come, I'll
                    take no denial:
                  We must have
              the trial;
            For really
        this morning
    I've
    nothing
    to do.'
          Said the
            mouse to
              the cur,
                'Such a
                  trial, dear
                    sir, With
                        no jury
                          or judge,
                          would
                          be wasting
                      our
                  breath.'
                'I'll be
              judge,
          I'll be
        jury,'
    said
    cunning
        old
            Fury;
              'I'll
                try
                  the
                    whole
                      cause,
                      and
                      condemn
                  you to
        death.'"
</pre>

**Fury said to a mouse, That he met in the house"**
Furia powiedziała do myszy, Że spotkał się w domu"
**Let us both go to law: I will prosecute you**

Chodźmy obaj do sądu: ja cię oskarżę
**Come, I'll take no denial: We must have the trial**
Chodź, nie zaprzeczę: musimy mieć proces
**For really this morning I've nothing to do**
Bo naprawdę dziś rano nie mam nic do roboty
**Said the mouse to the cur;**
Powiedziała mysz do kury;
**Such a trial, dear sir, With no jury or judge, would be wasting our breath**
Taki proces, drogi panie, bez ławy przysięgłych i sędziego, byłby marnowaniem naszego oddechu
**"I'll be judge, I'll be jury," said cunning old Fury**
— Będę sędzią, będę ławą przysięgłych — rzekł stary chytry Fury
**I'll try the whole cause, and condemn you to death**
Osądzę całą sprawę i skażę cię na śmierć
**the mouse spoke severely to Alice**
mysz przemówiła surowo do Alicji
**"You are not paying attention!"**
"Nie zwracasz na to uwagi!"
**"What are you thinking of?"**
– O czym myślisz?
**"I beg your pardon," said Alice very humbly**
— Przepraszam — rzekła Alicja bardzo pokornie
**"you had got to the fifth bend, I think?"**
— Chyba dotarłeś do piątego zakrętu?
**"You insult me by talking such nonsense!"**
"Obrażasz mnie, opowiadając takie bzdury!"
**and the mouse got up and walked away**
A mysz wstała i odeszła
**Alice called after the little mouse**
Alicja zawołała za małą myszką
**"Please come back and finish your story!"**
"Proszę, wróć i dokończ swoją historię!"
**And the others all joined in chorus**
A pozostali przyłączyli się chórem
**"Yes, please do finish your story!"**

"Tak, proszę, dokończ swoją historię!"
**But the mouse only shook its head impatiently**
Ale mysz tylko niecierpliwie potrząsnęła głową
**and the little mouse walked a little quicker**
A mała myszka chodziła trochę szybciej
**"I wish I had Dinah, our cat, here!" said Alice**
"Chciałabym mieć tu Dinah, naszą kotkę!" powiedziała Alice
**This caused a remarkable sensation among the party**
Wywołało to niezwykłą sensację wśród partii
**Some of the birds hurried off at once**
Niektóre ptaki natychmiast odleciały
**and a Canary called out in a trembling voice, to its children;**
A kanarek zawołał drżącym głosem do swoich dzieci;
**"Come away, my dears!"**
— Odejdźcie, moi drodzy!
**"It's high time you were all in bed!"**
"Najwyższy czas, żebyście wszyscy położyli się do łóżka!"
**with various excuses they all went away**
Pod różnymi wymówkami wszyscy odeszli
**and Alice was soon left alone**
i Alicja wkrótce została sama
**"I wish I hadn't mentioned Dinah!"**
– Żałuję, że nie wspomniałam o Dinie!
**"Nobody seems to like her down here"**
"Wygląda na to, że nikt jej tu na dole nie lubi"
**"but I'm sure she's the best cat in the world!"**
"ale jestem pewien, że to najlepszy kot na świecie!"
**Poor Alice began to cry again**
Biedna Alicja znowu zaczęła płakać
**because she felt very lonely and low-spirited**
ponieważ czuła się bardzo samotna i przygnębiona
**In a little while, however, she again heard something**
Po chwili jednak znów coś usłyszała
**a little pattering of footsteps in the distance**
cichy tupot kroków w oddali
**and she looked up eagerly**
i spojrzała w górę z niecierpliwością

# The rabbit sends in little Mr Bill
## Królik przysyła małego pana Billa

**It was the white rabbit,trotting slowly back again**
Był to biały królik, który powoli kłusował z powrotem
**he was looking about anxiously as he went**
Rozglądał się niespokojnie dookoła
**he looked as if he had lost something**
Wyglądał tak, jakby coś zgubił
**Alice heard him muttering to himself**
Alicja usłyszała, jak mamrocze do siebie coś pod nosem
**"The Duchess! The Duchess! Oh, my dear paws!"**
— Księżna! Księżna! Och, moje drogie łapy!"
**"Oh, my fur and whiskers!"**
"Och, moje futro i wąsy!"
**"She'll get me executed, I'm sure of that"**
"Ona mnie zabije, jestem tego pewien"
**"just as sure as ferrets are ferrets!"**
"Tak samo pewne jak fretki są fretkami!"

**"Where can I have dropped my things, I wonder?"**
"Zastanawiam się, gdzie mogłem zostawić swoje rzeczy?"
**Alice guessed in a moment what he was looking for**
Alicja w jednej chwili domyśliła się, czego szuka
**he was looking for the feather fan**
Szukał wachlarza z piór
**and he was looking for the pair of white gloves**
i szukał pary białych rękawiczek
**so she very good-naturedly began looking for the gloves**
Więc bardzo dobrodusznie zaczęła szukać rękawiczek
**and she looked for the feather fan too**
I ona też szukała wachlarza z piór
**but the gloves and feather fan were nowhere to be seen**
Ale rękawic i wachlarza z piór nigdzie nie było widać
**everything seemed to have changed since her swim in the
pool**
Wydawało się, że wszystko się zmieniło od czasu, gdy
pływała w basenie
**nothing was the same since she had been in the great hall**
Nic już nie było takie samo od czasu, gdy znalazła się w
Wielkiej Sali
**and the glass table had vanished**
i szklany stół zniknął
**and the little door wasn't there either**
Nie było też tych małych drzwiczek
**Very soon the rabbit noticed Alice**
Wkrótce królik zauważył Alicję
**he called to her in an angry tone**
— zawołał do niej gniewnym tonem
**"Mary Ann, what are you doing out here?"**
– Mary Ann, co ty tu robisz?
**"Run home this moment"**
"Biegnij w tej chwili do domu"
**"and fetch me a pair of gloves and a feather fan!"**
"I przynieś mi parę rękawiczek i wachlarz z piór!"
**"and be quick about it!"**
"I pospiesz się!"

**Alice spoke to herself as she ran off**
Alicja mówiła do siebie, uciekając
**"He must have mistaken me for his housemaid!"**
— Musiał mnie pomylić ze swoją pokojówką!
**"How surprised he'll be when he finds out who I am!"**
"Jakże będzie zaskoczony, gdy dowie się, kim jestem!"
**As she said this, she came upon a neat little house**
Mówiąc to, natknęła się na schludny domek
**on the door of the house was a bright brass plate**
Na drzwiach domu wisiała jasna mosiężna tabliczka
**"W. RABBIT"**
"W. KRÓLIK"
**She went in without knocking on the door**
Weszła do środka, nie pukając do drzwi
**and she hurried straight upstairs**
I pośpieszyła prosto na górę
**she worried that she might meet the real Mary Ann**
martwiła się, że może spotkać prawdziwą Mary Ann
**because then she would be turned out of the house**
bo wtedy zostałaby wyrzucona z domu
**and she wouldn't be able to find the feather fan and gloves**
i nie byłaby w stanie znaleźć wachlarza z piór i rękawiczek
**Alice had found her way into a tidy little room**
Alicja znalazła drogę do schludnego pokoiku
**in the room was a table by the window**
W pokoju stał stolik przy oknie
**and on the table was a feather fan**
a na stole leżał wachlarz z piór
**and there were two or three pairs of tiny white gloves**
Były tam też dwie lub trzy pary maleńkich białych rękawiczek
**she picked up the feather fan and a pair of the gloves**
Podniosła wachlarz z piór i parę rękawiczek
**and she was just about to leave the room**
i już miała wyjść z pokoju
**but then her eyes fell upon a little bottle**
Ale potem jej wzrok padł na małą butelkę
**She uncorked the bottle and put it to her lips**

Odkorkowała butelkę i przyłożyła ją do ust
**"I do hope it'll make me grow large again"**
"Mam nadzieję, że to sprawi, że znów urosnę"
**"I'm tired of being such a tiny little thing!"**
"Jestem zmęczona byciem taką maleństką!"
**Alice had hardly drunk half the bottle**
Alicja wypiła ledwie połowę butelki
**her head was already pressing against the ceiling**
Jej głowa już przyciskała się do sufitu
**and she had to stoop down**
i musiała się schylić
**to save her neck from being broken**
by uratować jej kark przed złamaniem
**She hastily put down the bottle**
Pospiesznie odstawiła butelkę
**"That's quite enough"**
"To w zupełności wystarczy"
**"I hope I don't grow anymore"**
"Mam nadzieję, że już nie dorosnę"
**Alas! It was too late to wish that!**
Niestety! Było już za późno, by tego chcieć!
**She went on growing and growing**
Rosła i rosła
**and very soon she had to kneel down on the floor**
i bardzo szybko musiała uklęknąć na podłodze
**and even then she went on growing**
I nawet wtedy rosła
**as a last resource she put one arm out of the window**
Jako ostatnią deskę ratunku wystawiła jedną rękę przez okno
**and she put one foot up the chimney**
i postawiła jedną nogę w kominie
**"Now I can do no more, whatever happens"**
"Teraz nie mogę już nic zrobić, cokolwiek się stanie"
**"What will become of me?"**
"Co się ze mną stanie?"

**Alice had a spot of luck**
Alicja miała trochę szczęścia
**the little magic bottle had had its full effect**
Mała magiczna buteleczka odniosła pełny skutek
**and Alice grew no larger than she was**
a Alicja nie urosła ani na tyle, by nie urosła
**After a few minutes she heard a voice outside**
Po kilku minutach usłyszała głos na zewnątrz
**and she stopped to listen to the voice**
i zatrzymała się, by wsłuchać się w głos
**"Mary Ann! Mary Ann!" said the voice**
"Marysia Ann! Mary Ann!" – odezwał się głos
**"Fetch me my gloves this moment!"**
"Przynieś mi w tej chwili moje rękawiczki!"
**Then came a little pattering of feet on the stairs**
Potem rozległ się cichy tupot stóp na schodach
**Alice knew it was the rabbit coming to look for her**
Alice wiedziała, że to królik przyszedł jej szukać
**and she trembled till she shook the house**

i drżała, aż zatrzęsła się w domu
**she quite forgot what her proportions were**
Zupełnie zapomniała, jakie są jej proporcje
**she was a thousand times as large as the rabbit**
Była tysiąc razy większa od królika
**and she had no reason to be afraid of a rabbit**
I nie miała powodu, by bać się królika
**Presently the rabbit came up to the door**
Niebawem królik podszedł do drzwi
**and the little rabbit tried to open the door**
A mały królik próbował otworzyć drzwi
**the door started to open inwards**
Drzwi zaczęły otwierać się do środka
**but Alice's elbow was pressed hard against the door**
ale łokieć Alicji był mocno przyciśnięty do drzwi
**that attempt proved a failure**
Próba ta zakończyła się fiaskiem
**Alice heard the rabbit speak to himself**
Alicja usłyszała, jak królik mówi do siebie
**"Then I'll go around and get in through the window"**
"Potem obejdę i wejdę przez okno"
**"That you won't!" thought Alice**
"Że tego nie zrobisz!" pomyślała Alicja
**and she waited a little again**
I znowu trochę poczekała
**soon she heard the rabbit just under the window**
Wkrótce usłyszała królika tuż pod oknem
**she suddenly spread out her hand**
Nagle rozłożyła rękę
**and she made a snatch in the air**
i złapała się w powietrze
**She did not get hold of anything**
Nic nie dostała w swoje ręce
**but she heard a little shriek and a fall**
Usłyszała jednak cichy wrzask i upadek
**and she heard a crash of broken glass**
i usłyszała trzask tłuczonego szkła

**perhaps the rabbit had fallen**
Być może królik upadł
**maybe he was in a green-house**
Może był w szklarni
**Next came an angry voice; the rabbit's voice**
Potem rozległ się gniewny głos; Głos królika
**"Pat, where are you?"**
– Pat, gdzie jesteś?
**And then came a voice she had never heard before**
A potem rozległ się głos, którego nigdy wcześniej nie słyszała
**"your honour, I'm here!"**
"Wysoki sądzie, jestem tutaj!"
**"I'm digging for apples"**
"Szukam jabłek"
**"Here! Come and help me out of this!"**
— Tutaj! Przyjdź i pomóż mi się z tego wydostać!"
**"Now tell me, Pat, what's that in the window?"**
– A teraz powiedz mi, Pat, co to jest w oknie?
**"Sure, your honour, I will tell you"**
— Pewnie, wysoki sądzie, powiem ci)
**"it's an arm that's in the window!"**
"To ręka, która jest w oknie!"
**"Well, an arm has no business there"**
"Cóż, ręka nie ma tu żadnego interesu"
**"go and take the arm away!"**
"Idź i zabierz rękę!"
**There was a long silence after this**
Po tych słowach zapadła długa cisza
**and Alice could only hear whispers now and then**
a Alicja słyszała tylko szepty od czasu do czasu
**and at last she spread out her hand again**
i w końcu znów rozłożyła rękę
**and she made another snatch in the air**
i zrobiła kolejny chwyt w powietrzu
**This time there were two little shrieks**
Tym razem rozległy się dwa ciche wrzaski
**and there was more sounds of broken glass**

i było więcej odgłosów tłuczonego szkła
**"I wonder what they'll do next!" thought Alice**
"Ciekawe, co zrobią dalej!" pomyślała Alicja
**"I wish they would pull me out the window"**
"Chciałbym, żeby wyciągnęli mnie przez okno"
**She waited for some time**
Czekała jakiś czas
**but for a while she didn't hear anything more**
Przez chwilę jednak nie słyszała nic więcej
**At last came a rumbling of little wheels**
W końcu rozległ się turkot małych kółek
**and there came the sound of a good many voices**
i rozległ się dźwięk wielu głosów
**all the voices were talking together**
Wszystkie głosy mówiły ze sobą
**She could make out some of the words**
Była w stanie rozpoznać niektóre słowa
**"Where's the other ladder?"**
– Gdzie jest druga drabina?
**"Bill's got the other ladder"**
"Bill ma drugą drabinę"
**"Bill, come here!"**
"Bill, chodź tu!"
**"Will the roof bear the load?"**
"Czy dach wytrzyma ten ciężar?"
**"Who wants to go down the chimney?"**
"Kto chce zejść kominem?"
**"Nay, I shall not! You do it!"**
— Nie, nie zrobię tego! Ty to zrób!"
**"Here, Bill!"**
— Tutaj, Bill!
**"The master says you've got to go down the chimney!"**
"Mistrz mówi, że musisz zejść przez komin!"
**Alice drew her foot as far down the chimney as she could**
Alicja cofnęła nogę tak głęboko w komin, jak tylko mogła
**and then she waited to see what was coming**
A potem czekała, aby zobaczyć, co ma nadejść

**she heard a little animal scratching and scrambling**
Usłyszała, jak małe zwierzątko drapie się i szamocze
**the little animal must be in the chimney**
małe zwierzę musi być w kominie
**then she gave one sharp kick**
Potem wymierzyła jednego ostrego kopniaka
**and she waited to see what would happen next**
I czekała, co będzie dalej
**she heard a general chorus of voices**
Usłyszała ogólny chór głosów
**"There goes Bill!" they all said**
"Idzie Bill!" – powiedzieli wszyscy
**then she heard the rabbit's voice alone**
Potem usłyszała sam głos królika
**"You by the hedge, catch him!"**
— Ty przy żywopłocie, złap go!
**there was another moment of silence**
Nastąpiła kolejna chwila ciszy
**and then there was another confusion of voices**
A potem znowu zapanowało pomieszanie głosów
**"Hold up his head, Brandy"**
"Podnieś mu głowę, Brandy"
**"be careful not to choke him"**
"Uważaj, żeby go nie udusić"
**"What happened to you?"**
– Co się z tobą stało?
**Last came a little feeble, squeaking voice**
Na koniec rozległ się trochę słaby, piskliwy głos
**"Well, I hardly know no more"**
"Cóż, prawie nic więcej nie wiem"
**"thank you all, I'm better now"**
"Dziękuję wam wszystkim, teraz czuję się lepiej"
**"there is one thing I can remember"**
"Jest jedna rzecz, którą pamiętam"
**"something comes at me like a train in a tunnel"**
"Coś zbliża się do mnie jak pociąg w tunelu"
**"and up I fly like a sky-rocket!"**

"a ja lecę w górę jak rakieta!"
**there was a minute or two of silence**
Nastąpiła minuta lub dwie ciszy
**and then they began moving about again**
A potem znowu zaczęli się poruszać
**and Alice heard the Rabbit speak again**
i Alicja znów usłyszała, jak Królik przemawia
**"A barrowful will do, to begin with"**
"Na początek wystarczy taczka"
**"A barrowful of what?" thought Alice**
"Taczka czego?" pomyślała Alicja
**But she was not kept in suspense for long**
Nie trzymała się jednak długo w napięciu
**a shower of little pebbles came through the window**
Przez okno wpadł deszcz małych kamyczków
**and some of the little pebbles hit her in the face**
a niektóre z tych kamyków uderzyły ją w twarz
**Alice was surprised about the little pebbles**
Alicja była zaskoczona małymi kamyczkami
**all the little pebbles were turning into cakes**
Wszystkie małe kamyczki zamieniały się w ciastka
**and a bright idea came into her head**
i w jej głowie pojawił się genialny pomysł
**"I should eat one of these cakes"**
"Powinienem zjeść jedno z tych ciastek"
**"cake is sure to make some change in my size"**
"Ciasto na pewno zmieni mój rozmiar"
**So she swallowed one of the cakes**
Połknęła więc jedno z ciastek
**and she was delighted to find that she began shrinking**
I była zachwycona, gdy odkryła, że zaczęła się kurczyć
**soon she was small enough to get through the door**
Wkrótce była na tyle mała, że mogła przejść przez drzwi
**she ran out of the house**
Wybiegła z domu
**a crowd of little animals and birds were waiting outside**
Na zewnątrz czekał tłum małych zwierzątek i ptaków

**all the little birds and animals rushed at Alice**
wszystkie małe ptaszki i zwierzęta rzuciły się na Alicję
**but she ran off as fast as she could**
Uciekła jednak tak szybko, jak tylko mogła
**and soon she found herself safe in a thick wood**
Wkrótce znalazła się bezpieczna w gęstym lesie
**Alice wandered about in the woods**
Alicja błąkała się po lesie
**and she thought to herself:**
I pomyślała sobie:
**"I know what I have to do first"**
"Wiem, co muszę zrobić najpierw"
**"first I have to grow to my right size again"**
"najpierw muszę znowu urosnąć do odpowiedniego
rozmiaru"
**"and then I have to find my way into that lovely garden"**
"a potem muszę znaleźć drogę do tego pięknego ogrodu"
**"I suppose I ought to eat or drink something or other"**
"Przypuszczam, że powinienem coś zjeść lub wypić"
**"but the question is what should I eat or drink?"**
"Ale pytanie brzmi, co powinienem jeść lub pić?"
**Alice looked all around her at the flowers**
Alicja rozejrzała się dookoła po kwiatach
**and she looked through the blades of grass**
i spojrzała przez źdźbła trawy
**but she could not see anything to eat or drink**
Nie widziała jednak nic do jedzenia ani picia
**nothing looked like the right thing to eat or drink**
Nic nie wyglądało na właściwą rzecz do jedzenia lub picia
**There was a large mushroom growing near her**
W pobliżu rósł duży grzyb
**the mushroom was about the same height as Alice**
grzyb był mniej więcej tej samej wysokości co Alicja
**She stretched herself up on tiptoes**
Wyciągnęła się na palcach
**and she peeped over the edge of the mushroom**
i wyjrzała przez krawędź grzyba

**her eyes immediately met the eyes of a large blue caterpillar**
Jej oczy natychmiast spotkały się z oczami dużej niebieskiej
gąsienicy
**the caterpillar was sitting on the top of the mushroom**
Gąsienica siedziała na szczycie grzyba
**and the caterpillar had crossed all his arms**
a gąsienica skrzyżowała mu wszystkie ramiona
**and he was quietly smoking a long hookah**
i cicho palił długą fajkę wodną
**and he took not the smallest notice of anything**
i nie zwracał najmniejszej uwagi na nic
**and he certainly didn't pay attention to Alice**
i z pewnością nie zwracał uwagi na Alicję

**Advice from a caterpillar**
Porada gąsienicy
**At last the caterpillar took the hookah out of its mouth**
W końcu gąsienica wyjęła fajkę wodną z pyska
**and he addressed Alice in a languid, sleepy voice**
i zwrócił się do Alicji ospałym, sennym głosem
**"Who are you?" said the caterpillar**
"Kim jesteś?" zapytała gąsienica

**Alice replied, rather shyly, "I hardly know, sir"**
Alicja odparła dość nieśmiało: "Nie wiem, proszę pana"
**"just at the moment it's all a bit..."**
"Właśnie w tej chwili to wszystko jest trochę..."
**"I know who I was when I got up this morning""**
"Wiem, kim byłem, kiedy wstałem dziś rano""
**"but I think I must have changed several times since then"**
"ale myślę, że od tamtego czasu musiałem się zmienić kilka
razy"

**"What do you mean by that?" said the caterpillar**
"Co przez to rozumiesz?" zapytała gąsienica
**sternly the caterpillar asked her to explain herself**
Gąsienica surowo poprosiła ją o wyjaśnienie
**"I can't explain myself, I'm afraid, sir," said Alice**
— Obawiam się, że nie mogę się wytłumaczyć, sir —
powiedziała Alicja
**"because I'm not myself"**
"bo nie jestem sobą"
**"you see, being so many different sizes in a day is very
confusing"**
"Widzisz, bycie tak wieloma różnymi rozmiarami w ciągu
dnia jest bardzo mylące"
**She pulled herself up and said very gravely:**
Podniosła się i powiedziała bardzo poważnie:
**"I think you ought to tell me who you are, first"**
"Myślę, że najpierw powinnaś mi powiedzieć, kim jesteś"
**"Why?" said the caterpillar**
"Dlaczego?" zapytała gąsienica
**Alice could not think of any good reason**
Alicja nie potrafiła wymyślić żadnego dobrego powodu
**and the caterpillar seemed to be in a very unpleasant state of
mind**
A gąsienica wydawała się być w bardzo nieprzyjemnym stanie
umysłu
**so she turned away**
więc odwróciła się
**"Come back!" the caterpillar called after her**
"Wracaj!" zawołała za nią gąsienica
**"I've something important to say!"**
"Mam coś ważnego do powiedzenia!"
**Alice turned and came back again**
Alicja odwróciła się i wróciła
**"Keep your temper," said the caterpillar**
– Zachowaj zimną krew – powiedziała gąsienica
**"Is that all?" said Alice**
"Czy to wszystko?" powiedziała Alicja

**and she swallowed her anger as well as she could**
I przełknęła swój gniew tak dobrze, jak tylko mogła
**"No," said the caterpillar**
— Nie — odparła gąsienica
**the caterpillar unfolded its arms**
Gąsienica rozłożyła ramiona
**and he took the hookah out of his mouth again**
I znowu wyjął fajkę wodną z ust
**and he said, "So you think you're changed, do you?"**
A on na to: "Więc myślisz, że się zmieniłeś, prawda?"
**"I'm afraid, I am changed, sir," said Alice**
— Obawiam się, że się zmieniłam, proszę pana — powiedziała
Alicja
**"I can't remember things as I used to remember them"**
"Nie pamiętam rzeczy tak, jak je kiedyś pamiętam"
**"and I don't stay the same size for more than ten minutes!"**
"i nie pozostaję tego samego rozmiaru dłużej niż dziesięć
minut!"
**"What size do you want to be?" asked the caterpillar**
"Jakiego rozmiaru chcesz być?" zapytała gąsienica
**"Oh, I don't particularly mind what size I am," Alice hastily
replied**
– Och, nie obchodzi mnie, jakiego jestem rozmiaru – odparła
pospiesznie Alicja
**"I just don't like changing size so often, you know"**
"Po prostu nie lubię tak często zmieniać rozmiaru, wiesz"
**"I would like to be a little larger, sir"**
"Chciałbym być trochę większy, proszę pana"
**"if you wouldn't mind," added Alice**
— Jeśli nie miałabyś nic przeciwko — dodała Alicja
**"Ten centimetres is such a wretched height to be"**
"Dziesięć centymetrów to taki żałosny wzrost"
**"It is a very good height indeed!" said the caterpillar angrily**
"To naprawdę bardzo dobra wysokość!" powiedziała gąsienica
ze złością
**and he reared itself upright as he spoke**
Mówiąc to, wyprostował się

he was exactly ten centimetres high
Miał dokładnie dziesięć centymetrów wzrostu
In a minute or two, the caterpillar got down off the mushroom
W ciągu minuty lub dwóch gąsienica zeszła z grzyba
and he crawled away into the grass
I wczołgał się w trawę
as he went away, he made some little remarks
Odchodząc, poczynił kilka drobnych uwag
"One side will make you grow taller"
"Jedna strona sprawi, że urośniesz"
"and the other side will make you grow shorter"
"A druga strona sprawi, że staniesz się niższy"
"One side of what?" thought Alice to herself
"Jedna strona czego?" pomyślała Alicja
"The other side of what?"
— Druga strona czego?
"the side of the mushroom," said the caterpillar
— Bok grzyba — powiedziała gąsienica
it was as if she had asked her question aloud
Wyglądało to tak, jakby zadała pytanie na głos
and in another moment, he was out of sight
A po chwili zniknął z pola widzenia
Alice remained looking thoughtfully at the mushroom
Alicja pozostała i w zamyśleniu wpatrywała się w grzyba
she was trying to make out which were the two sides of the mushroom
Próbowała rozróżnić, które są dwie strony grzyba
At last she stretched her arms around the mushroom
W końcu rozciągnęła ramiona wokół grzyba
and she broke off a bit of the edges
i odłamała kawałek krawędzi
"And now, which side is which?" she said to herself
"A teraz, która strona jest która?" powiedziała do siebie
and she nibbled a little of the right-hand bit
i skubnęła trochę prawego wędzidła
The next moment she felt a violent blow underneath her

chin

W następnej chwili poczuła gwałtowne uderzenie pod brodą

**her chin had struck her foot!**

Podbródek uderzył ją w stopę!

**She was a good deal frightened by this very sudden change**

Była bardzo przerażona tą nagłą zmianą

**she was shrinking very rapidly**

Kurczyła się bardzo szybko

**so she quickly ate some of the other bit of mushroom**

Więc szybko zjadła trochę drugiego kawałka grzyba

**Her chin was pressed very closely against her foot**

Jej podbródek był bardzo mocno przyciśnięty do stopy

**there was hardly room to open her mouth**

Ledwo było miejsce, by otworzyć usta

**but she did at last manage to open her mouth**

W końcu jednak udało jej się otworzyć usta

**and she swallowed a morsel of the left-hand bit**

i połknęła kęs kawałka lewej ręki

**"my head's been freed at last!" said Alice**

"Nareszcie uwolniła mi się głowa!" powiedziała Alicja

**she looked down at herself**

Spojrzała na siebie z góry

**but all she could see was an immense length of neck**

Ale wszystko, co widziała, to ogromna długość szyi

**her neck seemed to rise like a stalk**

Jej szyja zdawała się unosić jak łodyga

**and she looked down over a sea of green leaves**

i spojrzała w dół na morze zielonych liści

**"Where have my shoulders gotten to?"**

"Gdzie się podziały moje ramiona?"

**"And oh, my poor hands, how is it I can't see you?"**

— A ja, moje biedne ręce, jak to jest, że cię nie widzę?

**but her neck did have one benefit**

Ale jej szyja miała jedną zaletę

**she could move her head in any direction**

Mogła poruszać głową w dowolnym kierunku

**in fact, she was just like a serpent**

W rzeczywistości była jak wąż
**she gracefully zigzagged her head down**
Z wdziękiem pochyliła głowę w dół
**and she moved her head through the trees**
i przesunęła głowę między drzewami
**but then she heard a sharp hiss**
Ale wtedy usłyszała ostry syk
**and she quickly pulled her head back**
i szybko odchyliła głowę do tyłu
**a large pigeon had flown into her face**
Duży gołąb wleciał jej w twarz
**and the pigeon was violently with its wings**
a gołąb gwałtownie uderzył skrzydłami

**"Serpent!" cried the pigeon**
"Wąż!" zawołał gołąb
**"I'm not a serpent!" said Alice indignantly**
"Nie jestem wężem!" powiedziała Alicja z oburzeniem
**"Leave me alone!"**
"Zostaw mnie w spokoju!"
**"I've tried the roots of trees"**
"Próbowałem korzeni drzew"
**"and I've tried hedges," the pigeon went on**
— A ja próbowałem żywopłotów — ciągnął gołąb
**"but those serpents! There's no pleasing them!"**
— Ale te węże! Nie da się ich zadowolić!"
**Alice was more and more puzzled**
Alicja była coraz bardziej zdziwiona
**"As if it wasn't trouble enough hatching the eggs," said the pigeon**
– Jakby to nie było wystarczająco dużo kłopotów z wykluwaniem się jaj – powiedział gołąb
**"by night and day I must look out for serpents too!"**
"Dniem i nocą muszę też wypatrywać węży!"
**"I had just found the highest tree in the forest"**
"Właśnie znalazłem najwyższe drzewo w lesie"
**"surely I'd be free from serpents here?"**
— Na pewno byłbym tu wolny od węży?
**"and out comes a serpent from the sky!"**
"I wychodzi wąż z nieba!"
**"But I'm not a serpent, I tell you!" said Alice**
"Ale ja nie jestem wężem, mówię ci!" powiedziała Alicja
**"I'm a... I'm a... I'm a little girl," she added rather doubtfully**
"Jestem... Jestem... Jestem małą dziewczynką – dodała z pewnym powątpiewaniem
**she had after all been going through a lot of changes**
W końcu przechodziła wiele zmian
**"You're looking for eggs," said the pigeon**
– Szukasz jaj – powiedział gołąb
**"I know that for a fact"**
"Wiem to na pewno"

**"and what does it matter if you're a little girl or a serpent?"**
"I jakie to ma znaczenie, czy jesteś małą dziewczynką, czy wężem?"
**"It matters a good deal to me," said Alice hastily**
— To dla mnie bardzo ważne — powiedziała pośpiesznie Alicja
**"but I'm not looking for eggs, as it happens"**
"ale ja nie szukam jajek, jak to bywa"
**"and I wouldn't want your eggs anyway"**
"A ja i tak nie chciałabym twoich jajek"
**"I don't like my eggs raw"**
"Nie lubię moich jajek na surowo"
**"Well, be off then!" said the pigeon in a sulky tone**
"No to ruszaj!" powiedział gołąb nadąsanym tonem
**and the pigeon settled down again into its nest**
I gołąb ponownie usadowił się w swoim gnieździe
**Alice crouched down among the trees as well as she could**
Alicja przykucnęła między drzewami, jak tylko mogła
**her neck kept getting entangled among the branches**
Jej szyja wciąż zaplątywała się w gałęzie
**every now and then she had to stop and untwist her neck**
Co jakiś czas musiała się zatrzymywać i odkręcać szyję
**After awhile she remembered the mushroom**
Po chwili przypomniała sobie o grzybie
**she still held the pieces of mushroom in her hands**
Wciąż trzymała w rękach kawałki grzyba
**and she set to work very carefully**
I zabrała się do pracy bardzo ostrożnie
**first she nibbled at one piece**
Najpierw skubnęła jeden kawałek
**and then she nibbled at the other piece**
a potem skubnęła drugi kawałek
**sometimes she grew taller**
Czasem stawała się wyższa
**and sometimes she grew shorter**
a czasem stawała się niższa
**but finally she achieved her usual height**

Ale w końcu osiągnęła swój zwykły wzrost
**she hadn't been her own height for some time**
Od jakiegoś czasu nie była swojego wzrostu
**so everything felt strange for a while**
Więc przez chwilę wszystko wydawało się dziwne
**"The next thing to do is to get into that beautiful garden"**
"Następną rzeczą do zrobienia jest wejście do tego pięknego ogrodu"
**"how is that to be done, I wonder?"**
— Zastanawiam się, jak to zrobić?
**As she said this, she came upon an open place**
Mówiąc to, natknęła się na otwarte miejsce
**there was a little house, a bit higher than a metre**
Stał tam mały domek, nieco wyższy niż metr
**"I wonder who lives in this little house"**
"Zastanawiam się, kto mieszka w tym małym domku"
**"I certainly can't go in as big as I am"**
"Na pewno nie mogę wejść tak duży jak jestem"
**"I would frighten them terribly!"**
"Strasznie bym ich przestraszył!"
**so she nibbled at the little mushroom again**
Więc znowu skubnęła małego grzybka
**and soon she brought herself down thirty centimetres**
i wkrótce sprowadziła się na trzydzieści centymetrów w dół

### A pig and some pepper
Świnia i trochę pieprzu

**For a minute or two she stood looking at the house**
Przez minutę czy dwie stała i patrzyła na dom
**suddenly a footman came running out of the woods**
Nagle z lasu wybiegł lokaj
**he was wearing a special livery uniform**
Miał na sobie mundur w specjalnej liberii
**judging by his face only, she would have called him a fish**
Sądząc tylko po jego twarzy, nazwałaby go rybą
**and he rapped loudly at the door with his knuckles**
i głośno zastukał knykciami do drzwi
**the door was opened by another footman**
Drzwi otworzył inny lokaj
**this footman too was wearing a special livery**
Ten lokaj również miał na sobie specjalną liberię
**this footman had a round face and large eyes like a frog**
Ten lokaj miał okrągłą twarz i duże oczy jak żaba

**The footman that looked like a fish initiated the ceremony**
Lokaj, który wyglądał jak ryba, zainicjował ceremonię
**he pulled out something from under his arm**
Wyciągnął coś spod pachy
**and he pulled out from under his arm an envelope**
I wyjął spod pachy kopertę
**and this envelope he handed over to the other footman**
i tę kopertę wręczył drugiemu lokajowi
**in a ceremonious tone he told him the orders**
Uroczystym tonem oznajmił mu rozkazy
**"This message is for the Duchess"**
"Ta wiadomość jest dla księżnej"
**"An invitation from the queen to play croquet"**
"Zaproszenie od królowej do gry w krokieta"
**The footman that looked like a frog repeated the order**
Lokaj, który wyglądał jak żaba, powtórzył rozkaz
**"from the queen"**
"Od królowej"
**"an invitation"**
"Zaproszenie"
**"for the Duchess"**
"dla księżnej"
**"playing croquet"**
"Gra w krokieta"
**Then they both bowed low**
Potem obaj skłonili się nisko
**and the curls in their wigs got entangled together**
a loki w ich perukach splątały się ze sobą
**soon the footman that looked like a fish was gone**
Wkrótce lokaj, który wyglądał jak ryba, zniknął
**but the footman that looked like a frog was still there**
Ale lokaj, który wyglądał jak żaba, wciąż tam był
**he was sitting on the ground near the door**
Siedział na ziemi przy drzwiach
**he was staring stupidly up into the sky**
Wpatrywał się tępo w niebo

**Alice went timidly up to the door and knocked**
Alicja podeszła nieśmiało do drzwi i zapukała
**"There's no use in knocking," said the footman**
— Nie ma sensu pukać — rzekł lokaj
**"and that is for two reasons"**
"I to z dwóch powodów"
**"First, because I'm on the same side of the door as you are"**
"Po pierwsze dlatego, że jestem po tej samej stronie drzwi co
ty"
**"secondly, because they're making so much noise inside"**
"Po drugie dlatego, że robią tyle hałasu w środku"
**"no one could possibly hear you"**
"Nikt cię nie usłyszy"
**And there certainly was a most extraordinary noise going on
within**
A w środku z pewnością rozbrzmiewał niezwykły hałas
**a constant howling and sneezing**
nieustanne wycie i kichanie
**and every now and then a sound of great crashing**
i co jakiś czas odgłos wielkiego trzasku
**as if a dish or kettle had been broken to pieces**
jakby naczynie lub czajnik zostały rozbite na kawałki
**"How am I to get in?" asked Alice**
"Jak mam się dostać?" zapytała Alicja
**"Should you get in at all?" said the footman**
"Czy powinien pan w ogóle wejść?" zapytał lokaj
**"That's the first question, you know"**
"To jest pierwsze pytanie, wiesz"
**Alice opened the door and went in**
Alicja otworzyła drzwi i weszła do środka
**The door led right into a large kitchen**
Drzwi prowadziły prosto do dużej kuchni
**the kitchen was full of smoke from one end to the other**
Kuchnia była pełna dymu od jednego końca do drugiego
**in the middle of the kitchen was the Duchess**
Na środku kuchni stała księżna
**she was sitting on a three-legged stool**

Siedziała na trójnożnym stołku
**and she was nursing a baby**
i karmiła piersią dziecko
**the cook was leaning over the fire**
Kucharz pochylał się nad ogniem
**he was stirring a large caldron**
Mieszał w wielkim kotle
**and the caldron seemed to be full of soup**
a kocioł zdawał się być pełen zupy
**"There's certainly too much pepper in that soup!" Alice said to herself**
"W tej zupie na pewno jest za dużo pieprzu!" — powiedziała do siebie Alicja
**she said it as best she could without sneezing**
Powiedziała to najlepiej, jak potrafiła, nie kichając
**Even the Duchess sneezed occasionally**
Nawet księżna kichała od czasu do czasu
**but the baby's actions were the most noteworthy**
Ale najbardziej godne uwagi były czyny dziecka
**the baby was sneezing and howling alternately**
Dziecko kichało i wyło na przemian
**there was not a moment's pause between howling and sneezing**
Nie było ani chwili przerwy między wyciem a kichnięciem
**There were two creatures in the kitchen that did not sneeze**
W kuchni były dwa stworzenia, które nie kichnęły
**the cook was too busy to sneeze**
Kucharz był zbyt zajęty, by kichnąć
**and the large cat did not seem to mind the pepper**
A duży kot zdawał się nie przejmować pieprzem
**instead, the large cat was grinning from ear to ear**
Zamiast tego duży kot uśmiechał się od ucha do ucha
**"Please would you tell me," said Alice, a little timidly**
— Proszę, powiedz mi — powiedziała Alicja trochę nieśmiało
**"why is your cat grinning like that?"**
"Dlaczego twój kot tak się uśmiecha?"
**"It's a Cheshire-Cat," said the Duchess**

– To kot z Cheshire – powiedziała księżna
**"and that's why he's grinning from ear to ear"**
"I dlatego uśmiecha się od ucha do ucha"
**"I didn't know that a Cheshire-Cat always grinned"**
"Nie wiedziałam, że kot z Cheshire zawsze się uśmiecha"
**"in fact, I didn't know that cats could grin," said Alice**
"Prawdę mówiąc, nie wiedziałam, że koty mogą się
uśmiechać" – powiedziała Alice
**"there is much you don't know," said the Duchess**
— Jest wiele rzeczy, których nie wiesz — rzekła księżna
**"there is much you don't know and that's a fact"**
"Jest wiele rzeczy, których nie wiesz i to jest fakt"
**Just then the cook took the caldron of soup off the fire**
W tej samej chwili kucharz zdjął z ognia kociołek z zupą
**and at once she started throwing everything within her reach**
I od razu zaczęła rzucać wszystkim, co znalazło się w jej
zasięgu
**she threw everything she could at the Duchess and the babe**
rzucała w księżną i dziecko wszystkim, co tylko mogła
**first she threw the fire-irons**
Najpierw rzuciła żelazne żelazka
**then she threw a handful of saucepans**
Potem rzuciła garść rondli
**and finally she threw the plates and dishes**
A na koniec rzuciła talerzami i naczyniami
**The Duchess took no notice of her**
Księżna nie zwracała na nią uwagi
**even when she was hit by a plate she did not worry**
Nawet gdy została uderzona talerzem, nie martwiła się
**the baby was already howling so much**
Dziecko już tak bardzo wyło
**so it was impossible to say whether the blows hurt the baby
or not**
Nie można więc było powiedzieć, czy ciosy zraniły dziecko,
czy nie
**"Oh, please mind what you're doing!" cried Alice**
"Och, proszę, uważaj na to, co robisz!" zawołała Alicja

**and she jumped up and down in an agony of terror**
i podskakiwała w górę i w dół w agonii przerażenia
**the Duchess offered Alice the baby**
Księżna ofiarowała Alicji dziecko
**"Here! You may nurse the baby a bit, if you like!"**
— Tutaj! Jeśli chcesz, możesz trochę pokarmić dziecko!"
**and she flung the baby at her as she spoke**
Mówiąc to, rzuciła w nią dzieckiem
**"I must go and get ready to play croquet with the queen"**
"Muszę iść i przygotować się do gry w krokieta z królową"
**and she hurried out of the room**
i wybiegła pospiesznie z pokoju
**Alice caught the baby with some difficulty**
Alicja złapała dziecko z pewnym trudem
**because it was a very odd-shaped little creature**
ponieważ było to małe stworzenie o bardzo dziwnym
kształcie
**and the baby held out its arms and legs in all directions**
A dziecko wyciągało ręce i nogi we wszystkich kierunkach
**"I better take this child away with me," thought Alice**
"Lepiej zabiorę to dziecko ze sobą" – pomyślała Alicja
**"they're sure to kill this baby in a day or two"**
"Na pewno zabiją to dziecko w dzień lub dwa"
**"Wouldn't it be murder to leave this baby behind?"**
– Czy nie byłoby morderstwem zostawić to dziecko?
**She said the last words out loud**
Ostatnie słowa wypowiedziała na głos
**and the little thing grunted in reply**
A mała istota chrząknęła w odpowiedzi
**"you best not turn into a pig, my dear," said Alice**
– Lepiej nie zamieniaj się w świnię, moja droga – powiedziała
Alicja
**"or else I'll have nothing more to do with you"**
"bo inaczej nie będę miał z tobą nic wspólnego"
**Alice was just beginning to think to herself:**
Alicja właśnie zaczynała myśleć sobie:
**"Now, what am I to do with this creature, when I get it**

home?"
— A teraz, co mam zrobić z tym stworzeniem, kiedy przyniosę je do domu?
**but then the little creature grunted a little violently**
Ale wtedy małe stworzenie chrząknęło trochę gwałtownie
**and Alice looked down into its face in some alarm**
a Alicja spojrzała mu w twarz z pewnym niepokojem
**This time there could be no mistake about it**
Tym razem nie mogło być żadnej pomyłki
**it was neither more nor less than a pig**
Nie było to ani mniej, ani więcej niż świnia
**so she set the little creature down**
Położyła więc małe stworzenie na ziemi
**and the little creature trot away quietly into the wood**
A małe stworzenie cicho odbiegło kłusem w głąb lasu
**Alice felt quite relieved to see the creature go**
Alice poczuła ulgę, widząc, jak stwór odchodzi
**Alice was a little startled by seeing the Cheshire-Cat**
Alicja była nieco zaskoczona, gdy zobaczyła kota z Cheshire
**it was sitting on a bough of a tree a few yards off**
Siedział na konarze drzewa kilka metrów dalej
**The cat only grinned when it saw her**
Kot uśmiechnął się tylko na jej widok
**"Cheshire-cat," began Alice, rather timidly**
– Kot z Cheshire – zaczęła Alicja dość nieśmiało
**"would you please tell me which way I ought to go from here?"**
— Czy mógłbyś mi powiedzieć, którędy powinienem stąd iść?
**"In that direction," the cat said**
– W tamtym kierunku – powiedział kot
**and it waved the right paw around**
i machnął prawą łapą
**"In that direction lives a maker of hats"**
"W tym kierunku mieszka producent kapeluszy"
**and then the cat waved its other paw**
A potem kot machnął drugą łapą
**"and in that direction lives a march hare"**

"A w tamtym kierunku mieszka zając marszowy"
**"Visit either you like; they're both mad"**
"Odwiedzaj, kogo chcesz; Oboje są szaleni"
**"But I don't want to go among mad people," Alice remarked**
– Ale ja nie chcę wchodzić wśród szaleńców – zauważyła
Alicja
**"Oh, you can't help that," said the Cat**
– Och, nic na to nie poradzisz – powiedział Kot
**"we're all mad here"**
"Wszyscy jesteśmy tu szaleni"
**"are you playing croquet with the queen today?"**
– Grasz dziś w krokieta z królową?
**"I would like to very much," said Alice**
– Bardzo bym chciała – powiedziała Alicja
**"but I haven't been invited yet"**
"ale ja jeszcze nie zostałem zaproszony"
**"You'll see me there," said the Cat**
– Zobaczysz mnie tam – powiedział Kot
**and from one moment to the next the cat vanished**
i z chwili na chwilę kot znikał
**soon Alice got in sight of the house of the march hare**
Wkrótce Alicja znalazła się w zasięgu wzroku domu zająca
marszowego
**this was a very large house**
Był to bardzo duży dom
**so Alice did not want to go near the house**
więc Alicja nie chciała zbliżać się do domu
**first she had to nibble some more of the left side bit of
mushroom**
Najpierw musiała skubnąć jeszcze trochę kawałka grzyba z
lewej strony

**a mad tea-party**
Szalone przyjęcie herbaciane

**In front of the house there was a tree**
Przed domem rosło drzewo
**and under the tree there was a table**
a pod drzewem stał stół
**and the table was set with all sorts of cutlery**
a stół był zastawiony wszelkiego rodzaju sztućcami
**the march hare and the hat maker were at the table**
Marcowy zając i kapelusznik siedzieli przy stole
**and together they were having tea**
i razem pili herbatę
**a dormouse was sitting between them**
Między nimi siedziała popielica
**and the dormouse was fast asleep**
a popielica mocno spała
**The table was of extraordinary size**
Stół był niezwykłych rozmiarów
**but most of the table was unoccupied**
ale większość stołu była wolna
**they sat crowded together at one corner of the table**
Siedzieli stłoczeni w jednym rogu stołu
**and yet they made excuses when they saw Alice**
a jednak szukali wymówek, gdy zobaczyli Alicję
**"No room! No room!" they cried out**
"Nie ma miejsca! Nie ma miejsca!" – krzyczeli
**"There's plenty of room!" said Alice indignantly**
"Jest dużo miejsca!" powiedziała Alicja z oburzeniem
**at one end of the table there was a large arm-chair**
Na jednym końcu stołu stał duży fotel
**and Alice sat herself in the armchair**
a Alicja sama usiadła w fotelu
**the hat maker opened his eyes very wide**
Kapelusznik otworzył szeroko oczy
**he couldn't believe what he was seeing**
Nie mógł uwierzyć w to, co widzi
**but his mind was curious about other things**

Ale jego umysł był ciekawy innych rzeczy
**"Why is a raven like a writing-desk?"**
"Dlaczego kruk jest jak biurko?"
**Alice was open to the challenge**
Alicja była otwarta na to wyzwanie
**"I'm glad they've begun asking riddles"**
"Cieszę się, że zaczęli zadawać zagadki"
**"I believe I can guess that," she added aloud**
– Chyba mogę się tego domyślić – dodała głośno
**The march hare grew curious about Alice**
Marcowy zając zaciekawił się Alicją
**"Do you really think you can find the answer?"**
– Naprawdę myślisz, że znajdziesz odpowiedź?
**"I think I can find the answer indeed," said Alice**
– Myślę, że rzeczywiście znajdę odpowiedź – powiedziała
Alicja
**"Then you should say what you mean," the march hare went
on**
— W takim razie powinieneś powiedzieć, co masz na myśli —
ciągnął dalej zając marszowy
**"I do say what I mean," Alice hastily replied**
— Mówię to, co mam na myśli — odparła pośpiesznie Alicja
**"at the very least I mean what I say"**
"Przynajmniej mam na myśli to, co mówię"
**"that's the same thing, you know"**
"To jest to samo, wiesz"
**the dormouse also contributed to the conversation**
Popielica również przyczyniła się do rozmowy
**but the dormouse seemed to be talking in its sleep**
Ale popielica zdawała się mówić przez sen
**"I breathe when I sleep"**
"Oddycham, kiedy śpię"
**"I sleep when I breathe!"**
"Śpię, kiedy oddycham!"
**"you might as well say they are the same too"**
"Równie dobrze można powiedzieć, że są takie same"
**"It is the same thing with you," said the hat maker**

— Z tobą jest tak samo — rzekł kapelusznik
**and he poured a little tea on the dormouse's nose**
i wylał trochę herbaty na nos popielicy
**The Dormouse shook its head impatiently**
Popielica potrząsnęła niecierpliwie głową
**and again the dormouse spoke, without opening its eyes**
I znowu popielica przemówiła, nie otwierając oczu
**"Of course, of course it is the same"**
"Oczywiście, oczywiście, że jest tak samo"
**"that's just what I was going to say myself"**
"To jest właśnie to, co sam zamierzałem powiedzieć"

**The hat maker turned to Alice and asked another question**
Kapelusznik odwrócił się do Alicji i zadał kolejne pytanie
**"Have you guessed the riddle yet?"**
— Odgadłeś już zagadkę?
**"No, I give up," Alice conceded**
– Nie, poddaję się – przyznała Alicja
**"What's the answer?" she wanted to know**
"Jaka jest odpowiedź?" – chciała wiedzieć

**"I haven't the slightest idea," said the hat maker**
— Nie mam najmniejszego pojęcia — odparł kapelusznik
**"Nor do I know," said the march hare**
— Ja też nie wiem — odparł zając marszowy
**Alice gave a weary sigh**
Alicja westchnęła ze znużeniem
**"there are better uses of time than riddles without answers"**
"Lepsze wykorzystanie czasu niż zagadki bez odpowiedzi"
**"have some more tea," the march hare said to Alice, very earnestly**
— Napij się jeszcze herbaty — rzekł zając do Alicji bardzo poważnie
**Alice was quite offended by the offer**
Alicja poczuła się bardzo urażona tą propozycją
**"I've had not had tea yet," Alice replied**
– Nie piłam jeszcze herbaty – odparła Alicja
**"therefore I can't have any more tea"**
"dlatego nie mogę już napić się herbaty"
**"You mean you can't have less tea," said the hat maker**
– To znaczy, że nie możesz wypić mniej herbaty – powiedział kapelusznik
**"it's very easy to take more than nothing"**
"Bardzo łatwo jest wziąć więcej niż nic"
**At this, Alice got up and walked off**
Na to Alicja wstała i odeszła
**The dormouse fell asleep instantly**
Popielica natychmiast zasnęła
**and neither of the others took the least notice of her going**
i żaden z pozostałych nie zwrócił najmniejszej uwagi na jej odejście
**though she looked back once or twice**
choć raz czy dwa spojrzała za siebie
**they were trying to put the dormouse into the tea-pot**
Próbowali włożyć popielicę do dzbanka do herbaty
**"At any rate, I'll never go there again!" said Alice**
— W każdym razie nigdy więcej tam nie pójdę! — rzekła Alicja

**and she walked her way through the woods**
I szła przez las
**"that was the stupidest tea-party I've ever been to"**
"To było najgłupsze przyjęcie herbaciane, na jakim
kiedykolwiek byłem"
**Just as she said this, she noticed something**
W chwili, gdy to mówiła, zauważyła coś
**one of the trees had a door leading right into it**
Na jednym z drzew prowadziły drzwi
**"That's very interesting!" she thought**
"To bardzo interesujące!" – pomyślała
**"I think I may as well go through the door"**
"Myślę, że równie dobrze mogę przejść przez drzwi"
**And through the door she went**
I weszła przez drzwi
**Once more she found herself in the long hall**
Raz jeszcze znalazła się w długim korytarzu
**again she was close to the little glass table**
Znów znalazła się blisko małego szklanego stolika
**she took the little golden key**
Wzięła mały złoty kluczyk
**and she unlocked the door that led into the garden**
I otworzyła drzwi prowadzące do ogrodu
**Then she set to work nibbling at the mushroom**
Potem zabrała się do pracy, skubiąc grzyba
**she had kept a piece of the mushroom in her pocket**
Trzymała kawałek grzyba w kieszeni
**and finally she was about a metre tall**
Aż w końcu osiągnęła około metra wzrostu
**then she walked down the little corridor**
Potem poszła małym korytarzem
**and then she finally found herself in the beautiful garden**
A potem w końcu znalazła się w pięknym ogrodzie
**and she was among the bright flower and the cool fountains**
i była wśród jasnych kwiatów i chłodnych fontann

**A large rose-tree stood near the entrance of the garden**
Duże drzewo różane rosło przy wejściu do ogrodu
**the roses growing on the tree were white**
Róże rosnące na drzewie były białe
**but there were three gardeners painting the rose**
Ale było trzech ogrodników, którzy malowali różę
**they were busily painting the roses red**
Pracowicie malowali róże na czerwono
**and Alice was watching them paint the roses red**
a Alicja patrzyła, jak malują róże na czerwono
**and suddenly their eyes chanced to fall upon Alice**
i nagle ich oczy padły przypadkiem na Alicję
**Alice spoke a little timidly**
Alicja odezwała się trochę nieśmiało
**"Would you tell me, please;"**
— Czy mógłbyś mi powiedzieć, proszę?
**"why are you all painting those roses?"**
– Dlaczego wszyscy malujecie te róże?
**five and seven said nothing, but looked at two**
Pięć i Siedem nic nie powiedziały, tylko spojrzały na dwie
**two spoke, in a low voice**
Dwóch odezwało się ściszonym głosem
**"Why, the fact is, you see, madam"**
— Przecież przecież tak jest, widzi pani...
**"this here ought to have been a red rose-tree"**
"To tutaj powinno być czerwoną różą"
**"and we put a white rose-tree in by mistake"**
"I przez pomyłkę posadziliśmy białą różę"
**"as you would agree, the queen must not find out"**
"Jak można się zgodzić, królowa nie może się tego
dowiedzieć"
**"else we would all have our heads cut off"**
"W przeciwnym razie wszyscy byśmy mieli obcięte głowy"
**"So you see, madam, we're doing our best"**
"Więc widzi pani, robimy wszystko, co w naszej mocy"

**card five had been anxiously looking across the garden**
Karta piąta z niepokojem rozglądała się po ogrodzie
**At this moment card five called out, "The queen! The queen!"**
W tym momencie karta piąta zawołała: "Królowa! Królowa!"
**and the three gardeners instantly scurried away**
Trzej ogrodnicy natychmiast odeszli
**and they threw themselves flat upon their faces**
i rzucili się na twarze
**There was a sound of many footsteps**
Rozległ się odgłos wielu kroków
**Alice looked around, eager to see the queen**
Alicja rozejrzała się dookoła, nie mogąc się doczekać spotkania z królową
**At the start of the procession were ten soldiers**
Na początku procesji szło dziesięciu żołnierzy
**their hands and feet were in the corners**
Ich ręce i nogi znajdowały się w kątach
**and in their hands and feet were clubs**
a w rękach i nogach mieli pałki
**next came the ten courtiers**
Dalej przyszło dziesięciu dworzan
**the courtiers were ornamented all over with diamonds**
Dworzanie byli cały ozdobioni diamentami
**After the courtiers came the royal children**
Po dworzanach przyszły królewskie dzieci
**there were ten of the royal children**
Królewskich dzieci było dziesięcioro
**and all the royal children were ornamented with hearts**
a wszystkie dzieci królewskie były ozdobione sercami
**Next came the guests; mostly kings and queens**
Następni byli goście; głównie królowie i królowe
**and among the kings and queen Alice saw someone**
a wśród królów i królowej Alicja ujrzała kogoś
**she saw again the white rabbit she had chased**
Znów zobaczyła białego królika, którego goniła
**The procession was followed the knave of hearts**

Za procesją podążał kręt serc
**he was carrying the king's crown**
Niósł koronę królewską
**and the king's crown was on a crimson velvet cushion**
a korona królewska spoczywała na poduszce z
karmazynowego aksamitu
**and then came the end of this grand procession**
A potem nadszedł koniec tej wielkiej procesji
**and there at the end were the king and queen of hearts**
A tam na końcu byli Król i Królowa Kier
**the procession came opposite to Alice**
procesja szła naprzeciwko Alicji
**and they all stopped and looked at her**
i wszyscy zatrzymali się i spojrzeli na nią
**and the queen said severely, "Who is this?"**
Królowa rzekła surowo: "Kto to jest?"
**She said it to the Knave of Hearts**
Powiedziała to do Króla Kier
**but he just bowed and smiled in reply**
Ale on tylko się ukłonił i uśmiechnął w odpowiedzi
**Alice spoke very politely**
Alicja odezwała się bardzo grzecznie
**"My name is Alice, so please your majesty"**
"Mam na imię Alicja, więc proszę Wasza Wysokość"
**but she had other thoughts to herself**
Miała jednak inne myśli dla siebie
**"they're only a pack of cards, after all!"**
"W końcu to tylko talia kart!"
**"Can you play croquet?" shouted the queen**
"Umiesz grać w krykieta?" krzyknęła królowa
**The question was evidently meant for Alice**
Pytanie było ewidentnie skierowane do Alicji
**"Yes!" said Alice loudly**
— Tak — odparła głośno Alicja
**"Come play then!" roared the queen**
"Chodź się więc pobawić!" ryknęła królowa
**a timid voice spoke to Alice**

Nieśmiały głos przemówił do Alicji
**"it's a very fine day!"**
"To bardzo piękny dzień!"
**She was walking by the white rabbit**
Szła obok białego królika
**and the White Rabbit was peeping anxiously into her face**
a Biały Królik z niepokojem zerkał jej w twarz
**"a very fine day indeed," confirmed Alice**
— Doprawdy bardzo piękny dzień — potwierdziła Alicja
**"Where's the duchess?"**
— Gdzie jest księżna?
**"Hush! Hush!" said the Rabbit**
— Cicho! Cicho!" powiedział Królik
**"She's under sentence of execution"**
"Jest pod wyrokiem egzekucji"
**"What is she being executed for?" asked Alice**
"Za co ona jest stracona?" zapytała Alicja
**"She scuffed the queen's ears," the rabbit began**
— Podrapała uszy królowej — zaczął królik
**the queen shouted in a voice of thunder**
— krzyknęła królowa grzmiącym głosem
**"Get to your places!"**
"Ruszaj na swoje miejsca!"
**and people began running about in all directions**
i ludzie zaczęli biegać we wszystkich kierunkach
**and they all tumbled up against each other**
i wszyscy runęli na siebie
**However, they got settled down in a minute or two**
Jednak ustatkowali się w ciągu minuty lub dwóch
**and then the game began**
A potem zaczęła się gra
**Alice had never seen such a curious croquet ground**
Alicja nigdy nie widziała tak osobliwego boiska do krokieta
**the grass was all ridges and furrows**
Trawa była cała w grzbietach i bruzdach
**The croquet balls were real hedgehogs**
Kule do krokieta były prawdziwymi jeżami

**and the mallets were real flamingos**
A młotki były prawdziwymi flamingami
**and the soldiers stood on their hands and feet**
A żołnierze stanęli na rękach i nogach
**because the arches was made from their bodies**
ponieważ łuki zostały zrobione z ich ciał
**The players all played at once**
Wszyscy gracze grali jednocześnie
**nobody waited for their turns**
Nikt nie czekał na swoją kolej
**and everyone quarrelled with everyone**
i wszyscy kłócili się ze wszystkimi
**and all were fighting for the hedgehogs**
i wszyscy walczyli za jeże
**soon the queen was in a furious passion**
Wkrótce królowa wpadła we wściekłą namiętność
**and she started stamping about and shouting**
A ona zaczęła tupać i krzyczeć
**"Chop off his head!"**
"Odrąb mu głowę!"
**"Chop off her head!"**
"Odrąb jej głowę!"
**"Chop all their heads off!"**
"Odrąbać im wszystkie głowy!"
**Again Alice thought to herself**
Alicja znowu zamyśliła się
**"They're dreadfully fond of beheading people here"**
"Strasznie lubią tu ścinać ludziom głowy"
**"the great wonder is that there's anyone left alive!"**
"To wielki cud, że ktokolwiek pozostał przy życiu!"
**She was looking about for some way of escape**
Rozglądała się za jakimś sposobem ucieczki
**she noticed a curious appearance in the air**
Zauważyła w powietrzu coś dziwnego
**"It's the Cheshire-cat," she said to herself**
– To kot z Cheshire – powiedziała do siebie
**"now I shall have somebody to talk to"**

"Teraz będę miał z kim porozmawiać"
**"How are you getting on?" said the cat**
"Jak sobie radzisz?" zapytał kot
**"I don't think they play at all fairly," Alice said**
– Nie sądzę, żeby grali uczciwie – powiedziała Alice
**and she had a rather complaining tone**
i miała raczej narzekający ton
**"they all quarrel so dreadfully"**
"Wszyscy tak strasznie się kłócą"
**"one can't hear oneself speak"**
"Nie słychać samego siebie, co mówi"
**"and they don't seem to play by any rules"**
"I wydaje się, że nie grają według żadnych zasad"
**the cat asked Alice a question in a low voice**
kot zadał Alicji pytanie ściszonym głosem
**"How do you like the queen?"**
– Jak ci się podoba królowa?
**"I don't like her at all," said Alice**
– Wcale jej nie lubię – powiedziała Alicja

**Alice thought she might as well go back**
Alicja pomyślała, że równie dobrze może wrócić
**she wanted to see how the game was going**
Chciała zobaczyć, jak idzie gra
**she went off in search of her hedgehog**
Poszła szukać swojego jeża
**The hedgehog was busy fighting another hedgehog**
Jeż był zajęty walką z innym jeżem
**this was an excellent opportunity**
To była doskonała okazja
**she could croquet one hedgehog with the other**
Potrafiła krokietować jednego jeża drugim
**but her flamingo was on the other side of the garden**
Ale jej flaming znajdował się po drugiej stronie ogrodu
**the flamingo was rather clumsy**
Flaming był dość niezdarny
**her flamingo was trying to fly up into a tree**
Jej flaming próbował wlecieć na drzewo
**She caught the flamingo by the leg**
Złapała flaminga za nogę
**and she tucked the flamingo away under her arm**
I schowała flaminga pod pachę
**that way the flamingo couldn't escape again**
W ten sposób flaming nie mógł już uciec
**Just then Alice happened to meet the duchess**
Właśnie wtedy Alicja spotkała księżną
**The duchess was now out of prison**
Księżna wyszła już z więzienia
**She tucked her arm affectionately under Alice's arm**
Wsunęła czule rękę pod ramię Alicji
**and then they walked off together**
A potem odeszli razem
**Alice was very glad to find her in such a pleasant temper**
Alicja była bardzo zadowolona, że znalazła ją w tak miłym
usposobieniu
**She was a little startled, however**
Była jednak trochę zaskoczona

**she heard the voice of the duchess close to her ear**
Usłyszała głos księżnej tuż przy uchu
**"You're thinking about something, my dear"**
"Myślisz o czymś, moja droga"
**"and that makes you forget to talk"**
"A to sprawia, że zapominasz o rozmowie"
**"The game's going on rather better now," Alice said**
– Gra idzie teraz o wiele lepiej – powiedziała Alice
**it was one way of keeping the conversation going**
Był to jeden ze sposobów na podtrzymanie rozmowy
**"it is so indeed," said the duchess**
— Istotnie — rzekła księżna
**"and the moral of that is this:"**
"Morał z tego jest taki:
**"It is love that does it all!"**
"To miłość czyni wszystko!"
**"Love is what makes the world go around"**
"Miłość jest tym, co sprawia, że świat się kręci"
**Alice had another explanation**
Alicja miała inne wytłumaczenie
**"it's done by everybody minding his own business!"**
"Robi to każdy, kto zajmuje się swoimi sprawami!"
**"Ah, well! You could be right"**
— Ach, cóż! Możesz mieć rację"
**"It all means much the same thing," said the Duchess**
— To wszystko znaczy mniej więcej to samo — rzekła księżna
**and she dug her sharp little chin into Alice's shoulder**
i wbiła swój ostry podbródek w ramię Alicji
**"and the moral of that is this"**
"Morał z tego jest taki"
**"Take care of the sense"**
"Zadbaj o zmysł"
**"and then the sounds will take care of themselves"**
"A wtedy dźwięki same się o siebie zatroszczą"
**but then the duchess's arm began to tremble**
Ale wtedy ręka księżnej zaczęła drżeć
**Alice looked up and there stood the queen**

Alicja spojrzała w górę, a tam stała królowa
**the queen had her arms folded**
Królowa miała założone ręce
**and she was frowning like a thunderstorm!**
A ona marszczyła brwi jak burza!
**"I give you fair warning," shouted the queen**
— Uprzedzam cię uczciwie — krzyknęła królowa
**and she stomped on the ground as she spoke**
Mówiąc to, tupnęła na ziemię
**"either your head or her head must be off"**
"Albo twoja głowa, albo jej głowa musi być odcięta"
**"Take your choice!"**
"Dokonaj wyboru!"
**"and be quick about it"**
"I nie spiesz się"
**The duchess made her choice**
Księżna dokonała wyboru
**and within a moment the duchess was gone**
Po chwili księżna zniknęła
**Then the queen spoke to Alice**
Następnie królowa przemówiła do Alicji
**"Let's go on with the game"**
"Kontynuujmy grę"
**Alice was too frightened to say a word**
Alicja była zbyt przerażona, by powiedzieć słowo
**and she slowly followed her back to the croquet-ground**
i powoli podążyła za nią z powrotem na boisko do krokieta
**the whole time the queen quarrelled with the other players**
Przez cały czas królowa kłóciła się z innymi graczami
**"Chop off his head!"**
"Odrąb mu głowę!"
**"Chop off her head!"**
"Odrąb jej głowę!"
**"Chop all their heads off!"**
"Odrąbać im wszystkie głowy!"
**soon all the players were in custody**
Wkrótce wszyscy zawodnicy znaleźli się w areszcie

only the king, the queen, and Alice remained
pozostał tylko król, królowa i Alicja
Then the queen left, quite out of breath
Potem królowa odeszła, zupełnie zdyszana
and she walked away with Alice
i odeszła z Alicją
Alice heard the king quietly say something
Alicja usłyszała, jak król cicho coś mówi
"You are all pardoned"
"Wszyscy jesteście ułaskawieni"
but suddenly there was another cry heard
Nagle jednak rozległ się kolejny krzyk
"The trial is beginning!"
"Zaczyna się próba!"
and Alice ran along with the others
a Alicja pobiegła razem z innymi

**who stole the tarts?**

Kto ukradł tarty?

**The king and queen of hearts were seated**

Król i królowa kier zasiedli na swoich miejscach

**they were on their throne when Alice arrived**

Siedzieli na tronie, gdy przybyła Alicja

**there was a great crowd assembled around them**

Wokół nich zebrał się wielki tłum

**there were all sorts of little birds and beasts**

Były tam różnego rodzaju małe ptaszki i zwierzęta

**and there was the whole pack of cards**

i była cała talia kart

**the knave was standing in front of them, in chains**

stał przed nimi, zakuty w kajdany

**and there was a soldier on each side to guard him**

A po każdej stronie był żołnierz, który go strzegł

**near the King was the white rabbit**

obok króla leżał biały królik

**he had a trumpet in one hand**

W jednej ręce trzymał trąbkę

**and he had a scroll of parchment in the other hand**

a w drugiej ręce trzymał zwój pergaminu

**In the very middle of the court was a table**

Na samym środku boiska znajdował się stół

**on the table was a large dish of tarts**

Na stole leżał duży półmisek z tartami

**"I wish they'd get the trial done," Alice thought**

"Chciałabym, żeby udało im się przeprowadzić ten proces" –
pomyślała Alice

**"then we could eat some of those refreshments!"**

"A potem moglibyśmy zjeść trochę tych przekąsek!"

**The judge, by the way, was the king**
Sędzią, nawiasem mówiąc, był król
**and he wore his crown over his great wig**
i nosił koronę swoją na swojej wielkiej peruce
**"That's the jury-box," thought Alice**
"To jest ława przysięgłych" – pomyślała Alicja
**"and those twelve creatures, I suppose they are the jurors"**
"A te dwanaście stworzeń, przypuszczam, że to są przysięgli"
**some were animals, and some were birds**
Niektóre z nich były zwierzętami, a niektóre ptakami
**Just then the white rabbit cried out**
Właśnie wtedy biały królik krzyknął
**"Silence in the court!"**
"Cisza na dziedzińcu!"
**"Herald, read the accusation!" said the king**
— Herold, przeczytaj oskarżenie! — rzekł król
**the white rabbit blew three blasts on the trumpet**
Biały królik zadął w trąbkę trzy razy
**then he unrolled the parchment-scroll**

Potem rozwinął pergaminowy zwój
**and he read as follows:**
I czytał co następuje:
**"The queen of hearts, she made some tarts,"**
"Królowa kier, zrobiła tarty"
**"All this she did on a summer day"**
"Wszystko to uczyniła w letni dzień"
**"The knave of hearts, he stole those tarts"**
"serc, ukradł te tarty"
**"And he took those tarts far away!"**
— A on zabrał te tarty daleko!
**"Call the first witness," said the king**
— Wezwij pierwszego świadka — rzekł król
**and the white rabbit blew three blasts on the trumpet**
A biały królik zadął w trąbę trzy razy
**"bring the first witness!" he called out**
"Przyprowadźcie pierwszego świadka!" — zawołał
**The first witness was the hat maker**
Pierwszym świadkiem był kapelusznik
**he came in with a teacup in one hand**
Wszedł z filiżanką herbaty w jednej ręce
**and he had a piece of bread and butter in the other hand**
A w drugiej ręce trzymał kawałek chleba z masłem
**"You ought to have finished," said the King**
— Powinieneś był skończyć — rzekł król
**"When did you begin?"**
– Kiedy zacząłeś?
**The hat maker looked at the march hare**
Kapelusznik spojrzał na maszerującego zająca
**the march hare had followed him into the court**
Marcowy zając podążył za nim na dwór
**he had walked arm in arm with the dormouse**
Szedł ramię w ramię z popielicą
**"Fourteenth of March, I think it was," he said**
— Czternastego marca, zdaje mi się, że to było — odparł
**"Give your evidence," said the king**
— Złóż świadectwo — rzekł król

**"and don't be nervous, or I'll have you executed on the spot"**
"I nie denerwuj się, bo każę cię rozstrzelać na miejscu"
**This did not seem to encourage the witness at all**
Nie wyglądało na to, by świadkowi to wcale zachęciło
**he kept shifting from one foot to the other**
Przestępował z nogi na nogę
**and he looked uneasily at the queen**
i spojrzał z niepokojem na królową
**and, in his confusion, he bit a large piece out of his teacup**
I, w swoim zakłopotaniu, odgryzł duży kawałek ze swojej filiżanki
**really he meant to bite from his bread and butter**
Naprawdę miał ochotę ugryźć chleb z masłem
**Just at this moment Alice felt a very curious sensation**
Właśnie w tym momencie Alicja poczuła bardzo dziwne uczucie
**she was beginning to grow larger again**
Zaczynała znowu rosnąć
**The miserable hat maker dropped his teacup**
Nieszczęsny kapelusznik upuścił filiżankę z herbatą
**and the bread and butter fell to the ground**
a chleb z masłem upadł na ziemię
**and he went down on one knee**
I upadł na jedno kolano
**"I'm a poor man, your majesty," he began**
— Jestem biednym człowiekiem, Wasza Królewska Mość — zaczął
**"You're a very poor speaker," said the king**
— Jesteś bardzo słabym mówcą — rzekł król
**"You may go," said the king**
— Możesz iść — rzekł król
**and the hat maker hurriedly left the court**
Kapelusznik pospiesznie opuścił dziedziniec
**"Call the next witness!" said the king**
"Wezwij następnego świadka!" powiedział król
**The next witness was the duchess's cook**
Następnym świadkiem był kucharz księżnej

**She carried the pepper-box in her hand**
W ręku trzymała pudełko pieprzu
**and the people near the door began sneezing all at once**
A ludzie stojący przy drzwiach zaczęli kichać nagle
**"Give your evidence," said the king**
— Złóż świadectwo — rzekł król
**"I shall give no evidence," said the cook**
— Nie będę zeznawał — rzekł kucharz
**The king looked anxiously at the white rabbit**
Król spojrzał z niepokojem na białego królika
**and the white rabbit spoke in a quiet voice**
A biały królik przemówił cichym głosem
**"your majesty must cross-examine this witness"**
"Wasza Królewska Mość musi przesłuchać tego świadka"
**"Well, if I must, I must," the king said**
— No cóż, jeśli muszę, to muszę — odparł król
**"What are tarts made of?"**
"Z czego zrobione są tarty?"
**"tarts are made of pepper, mostly," said the cook**
— Tarty robi się głównie z pieprzu – powiedział kucharz
**For some minutes the whole court was in confusion**
Przez kilka minut na całym dziedzińcu panował chaos
**eventually they all settled down again**
W końcu wszyscy się ustatkowali
**but by then the cook had disappeared**
Ale do tego czasu kucharz zniknął
**"Never mind!" said the king**
— Mniejsza o to — rzekł król
**"call to the stand the next witness"**
"Wezwij na trybunę następnego świadka"
**Alice watched the white rabbit as he fumbled over the list**
Alicja obserwowała białego królika, który grzebał w liście
**you can imagine her surprise at what she heard next**
Można sobie wyobrazić jej zdziwienie tym, co usłyszała później
**at the top of his shrill little voice, he called the name "Alice!"**
Na cały głos zawołał imię "Alice!".

**Alice's evidence**
Zeznania Alicji

**"Here!" cried Alice**
"Tutaj!" zawołała Alicja
**She jumped up in a great hurry**
Podskoczyła w wielkim pośpiechu
**and she tipped over the jury-box**
i przewróciła lożę przysięgłych
**and she knocked over all the jurymen**
i przewróciła wszystkich przysięgłych
**and they fell on to the heads of the crowd below**
i upadli na głowy tłumu na dole
**Alice was in great dismay**
Alicja była w wielkim przerażeniu
**"Oh, I beg your pardon!" she exclaimed**
"Och, przepraszam!" wykrzyknęła
**"The trial cannot proceed," said the king**
— Proces nie może się toczyć — rzekł król
**"the jurymen must get back in their proper places"**
"Sędziowie przysięgłych muszą wrócić na swoje właściwe miejsca"
**he repeated the order with great emphasis**
Powtórzył rozkaz z wielkim naciskiem
**and he looked at Alice sternly**
i spojrzał surowo na Alicję
**"What do you know about these events?" the king asked Alice**
"Co wiesz o tych wydarzeniach?" – zapytał król Alicję
**"I know nothing on the subject," said Alice**
— Nic nie wiem na ten temat — odparła Alicja
**The king then read from his book**
Następnie król czytał ze swojej księgi
**"Rule forty two"**
"Zasada czterdziesta druga"
**"All persons more than a mile high are to leave the court"**
"Wszystkie osoby o wzroście większym niż mila mają opuścić sąd"

**"I'm not a mile high," said Alice**
— Nie mam nawet mili wysokości — odparła Alicja
**"Nearly two miles high," said the Queen**
— Prawie dwie mile wysokości — odparła królowa

**"Well, I refuse to go," said Alice**
— No cóż, nie chcę iść — powiedziała Alicja
**The king turned pale**
Król zbladł
**and he shut his note-book hastily**
i pospiesznie zamknął notatnik
**"Consider your verdict," he said to the jury**
"Zastanówcie się nad swoim werdyktem" – powiedział do
ławy przysięgłych
**he spoke in a low, trembling voice**
Mówił niskim, drżącym głosem
**then the white rabbit spoke**
Wtedy odezwał się biały królik
**"There's more evidence to come yet"**
"Jest jeszcze więcej dowodów, które dopiero nadejdą"

**and he jumped up in a great hurry**
i zerwał się w wielkim pośpiechu
**"This paper has just been picked up"**
"Ten papier został właśnie podniesiony"
**"It seems to be a letter written by the prisoner"**
"Wygląda na to, że jest to list napisany przez więźnia"
**He unfolded the paper as he spoke**
Mówiąc to, rozłożył kartkę
**"It isn't a letter, after all"**
"To przecież nie jest list"
**"what it was was a set of verses"**
"To, co to było, był zbiorem wersetów"
**"Please, your majesty," said the knave**
— Proszę, Wasza Królewska Mość — rzekł knajper
**"I didn't write those verses"**
"To nie ja napisałem te wersety"
**"and they can't prove that I wrote anything"**
"i nie mogą udowodnić, że coś napisałem"
**"there's no name signed at the end"**
"Na końcu nie ma podpisanego imienia"
**the king spoke to the knave**
Król przemówił do
**"You must have meant to cause some mischief"**
"Musiałeś chcieć zrobić jakąś krzywdę"
**"else you'd have signed your name like an honest man"**
"W przeciwnym razie podpisałbyś się jak uczciwy człowiek"
**There was a general clapping of hands**
Rozległo się ogólne klaskanie w dłonie
**and the king turned to the white rabbit**
Król odwrócił się do białego królika
**"Read the verses," he ordered**
— Przeczytaj wersety — rozkazał
**There was dead silence in the court**
Na dziedzińcu zapadła martwa cisza
**and the white rabbit read out the verses**
A biały królik czytał wersety
**They told me you had been to her**

Powiedzieli mi, że byłeś u niej

**And they mentioned me to him**

I wspomnieli mu o mnie

**She gave me a good character**

Dała mi dobry charakter

**But she said I could not swim**

Ale ona powiedziała, że nie umiem pływać

**He sent them word I had not gone**

Wysłał im wiadomość, że nie odszedłem

**We know it to be true**

Wiemy, że to prawda

**If she should push the matter on, what would become of you?**

Gdyby popchnęła sprawę dalej, co by się z tobą stało?

**I gave her one, they gave him two**

Dałem jej jedną, oni dali mu dwie

**You gave us three or more**

Dałeś nam trzy lub więcej

**They all returned from him to you**

Wszyscy oni wrócili od niego do ciebie

**although they were mine before**

choć przedtem były moje

**If I or she should chance to be**

Gdybym miał szansę być

**If I or she were involved in this affair**

Gdybym ja lub ona byli zamieszani w tę aferę

**He trusts to you to set them free**

Ufa ci, że ich uwolnisz

**Exactly as we were**

Dokładnie tak, jak my

**My notion was that you had been**

Sądziłem, że byłeś

**Before she had this fit**

Zanim dostała tego ataku

**An obstacle that came between**

Przeszkoda, która pojawiła się pomiędzy

**Him, and ourselves, and it**

On i my sami, i to
**Don't let him know she liked them best**
Nie daj mu do zrozumienia, że najbardziej ją lubi
**For this must for ever be a secret, kept from all the rest**
Bo to musi na zawsze pozostać tajemnicą, trzymaną w
tajemnicy przed wszystkimi innymi
**This secret must remain a secret between yourself and me**
Ta tajemnica musi pozostać tajemnicą między tobą a mną
**the king was very impressed**
Król był pod wielkim wrażeniem
**"That's the most important piece of evidence we've heard
yet"**
"To najważniejszy dowód, jaki do tej pory usłyszeliśmy"
**"I don't believe those verses carry an atom of meaning,"
objected Alice**
– Nie wierzę, że te wersety mają choć odrobinę znaczenia –
zaoponowała Alice
**the King had his own opinion on the matter**
Król miał swoje zdanie na ten temat
**"If there's no meaning in those words, that saves a world of
trouble"**
"Jeśli te słowa nie mają znaczenia, to oszczędza to światu
kłopotów"
**"then we needn't try to find the meaning"**
"Wtedy nie musimy próbować znaleźć sensu"
**"Let the jury consider their verdict"**
"Niech ława przysięgłych rozważy swój werdykt"
**"No, no!" said the queen**
— Nie, nie — odparła królowa
**"Sentencing first—verdict afterwards"**
"Najpierw wyrok, potem werdykt"
**"Stuff and nonsense!" said Alice loudly**
"Bzdury i bzdury!" powiedziała głośno Alicja
**"how silly it is to sentence the defendant first!"**
"Jakże głupio jest skazywać oskarżonego jako pierwszego!"

**"Hold your tongue!" said the queen, turning purple**

"Trzymaj język za zębami!" powiedziała królowa, robiąc purpurę

**"I will not hold my tongue!" said Alice**

"Nie będę trzymać języka za zębami!" powiedziała Alicja

**the queen shouted at the top of her voice**

Królowa krzyknęła na cały głos

**"chop off her head!"**

"Odrąb jej głowę!"

**Nobody made a movement**

Nikt się nie poruszył

**"Who cares what you say?" said Alice**

"Kogo obchodzi, co mówisz?" powiedziała Alicja

**she had grown to her full size by this time**

W tym czasie urosła do swoich pełnych rozmiarów

**"You're nothing but a pack of cards!"**

"Jesteś tylko talią kart!"

**At this, all the cards rose up in the air**

W tym momencie wszystkie karty uniosły się w powietrze

**and all the cards came flying down upon her**
i wszystkie karty spadły na nią
**she gave a little scream**
Krzyknęła cicho
**she was half afraid, but also angry**
Była na wpół przestraszona, ale i zła
**and she tried to fight the cards off of herself**
i próbowała wyrzucić z siebie karty
**and then she found herself lying on the grass bank**
A potem znalazła się na brzegu trawy
**her head was in the lap of her sister**
Jej głowa spoczywała na kolanach siostry
**some dead leaves had landed on her face**
Kilka zeschłych liści wylądowało na jej twarzy
**and her sister was gently brushing the leaves away**
a jej siostra delikatnie strzepywała liście
**"Wake up, Alice dear!" said her sister**
"Obudź się, Alicjo!" powiedziała jej siostra
**"what a long sleep you've had!"**
"Jak długo spałeś!"
**"Oh, I've had such a curious dream!" said Alice**
"Och, miałam taki dziwny sen!" powiedziała Alicja
**And she told her sister all she could remember**
I opowiedziała siostrze wszystko, co pamiętała
**all the strange adventures that you have just been reading about**
Wszystkie dziwne przygody, o których właśnie czytałeś
**Alice got up and ran off**
Alicja wstała i uciekła
**and she thought, while she ran, about her dream**
Biegnąc, rozmyślała o swoim śnie
**"what a wonderful dream it had been!"**
"Cóż to był za cudowny sen!"

www.ingramcontent.com/pod-product-compliance
Lightning Source LLC
Chambersburg PA
CBHW011050190726
48290CB00011B/3093